A.W. BENEDICT

BARRINGTON

EINE MÖRDERISCHE

Affäre

For Mark and Catriona.
We miss our friends and the Highlands.

Band 3

Ähnlichkeiten mit lebenden oder toten Personen in diesem Buch wären reiner Zufall und nicht beabsichtigt. Alle Unternehmen, Institutionen oder Polizeibehörden, die erwähnt werden, sind fiktiv. Einige Ereignisse entsprechen tatsächlich geschehenen Situationen und auch wenn man es nicht glauben kann, es gibt in Schottland Apfelbäume! Ein sehr leckerer Apfel beispielsweise wurde in Schottland von einem gewissen James Grieve gezüchtet und angebaut. In Schottland findet man aktuell hauptsächlich zwei Apfelsorten, Speiseäpfel und Sorten für Apfelwein.

Facebook: A.W. Benedict
Instagram: @awbenedict_autorin
Webseite: awbenedict.de

Cover: T. Wieduwilt & C. Wieduwilt

Schriftdesign: Tobias Wieduwilt

Korrektorat: SchriftWerk - Jona Gellert

© 2024
Herstellung und Verlag: BoD – Books on Demand, Norderstedt
ISBN: 9783758365706

Bibliografische Information der Deutschen Nationalbibliothek:
Die Deutsche Nationalbibliothek verzeichnet diese Publikation in der Deutschen Nationalbibliografie; detaillierte bibliografische Daten sind im Internet abrufbar.

A.W. BENEDICT

BARRINGTON

EINE MÖRDERISCHE *Affäre*

Band 3

Der Liebe Vernunft ist ohne Vernunft.

William Shakespeare
(1564 - 1616)

Papier ist geduldig

Robert Shole, der neue Sekretär im Crossbill-House, griff zu dem Stapel Briefe und machte sich auf den Weg durch die weitläufigen Gänge der Schule.

Die Post musste verteilt werden und das gehörte zu seinen Aufgaben. Er war Mitte dreißig, klein und rundlich, spielte unglaublich gerne Golf und war traurig, dass er nun hier an eine Mädchenschule gekommen war, in deren Nähe nicht ein bespielbarer Platz zu finden war.

Golf spielen war das einzige kostspielige Laster, das er sich gegönnt hatte, als er noch in Oxford bei einem Dekan Morrison gearbeitet hatte.

«Post für Miss Green», rief er lustlos in den Salon, den Aufenthaltsraum der Lehrerinnen. Er gab den ersten Brief an eine der Damen im Raum.

Liebste Georgi,
wie trostlos ist es hier ohne dich.
Leider reagiert der Markt nach wie vor instabil. Es
ist zum Verzweifeln, aber ich kann noch nicht

kommen, um meine liebste Georgi in den Armen zu halten. Mein Chef hat mir die Lohnerhöhung nicht bewilligt. Was soll man da machen?

Geduld? Wie kann ich geduldig sein, wenn ich dich nicht wiedersehe? Wenn ich doch nur einige Geldmittel hätte, um wenigstens kurz dein liebes Gesicht sehen zu können. Aber das ist uns beiden wohl nicht vergönnt.

Melde dich baldigst bei deinem Liebsten.

Sei umarmt und geküsst.

Die Dame ließ das Stück Papier in der Hand auf ihren Schoß sinken. Sie saß mit den anderen im Salon des Hauses, trank Tee und versuchte, sich ihren Kummer nicht anmerken zu lassen.

Über den Rand ihrer runden Brille beobachtete sie die Gesichter der anderen anwesenden Damen.

«Schlechte Neuigkeiten, meine Liebe?», fragte die Dame rechts von ihr. «Arme Miss Green.» Das klang nicht wirklich mitfühlend. Eher schadenfroh.

Natürlich, Miss Portsmith, die Tratschtante der Einrichtung. Die hat den ganzen Tag zu tun, alles breit zu tratschen, sei es bei den Lehrern, als auch bei den Schülern. Eine unangenehme Person, dachte die Dame mit der runden Brille. Sie wusste, dass sie auf der Hut sein musste.

«Ich habe nun Vorbereitungen zu treffen. Sollten Sie nicht ebenfalls Ihre Arbeit fortsetzen, Miss Portsmith?» Sie erhob sich und verließ federnden Schrittes den Salon, den Brief wohl verwahrt in ihrer Jackentasche.

Die angesprochene Person stand ebenfalls auf

und folgte Miss Green, die die Tür offen gelassen hatte. Ein paar Mädchen lungerten im Flur vor dem Salon herum.

«Habt ihr keine Aufgaben zu erledigen? Steht hier nicht in der Gegend herum!», rief Miss Portsmith den Mädchen nach, die schnellstens den Flur in Richtung der Klassenräume verließen.

«Ich behalte Sie im Auge, Madelaine!» Dabei wies ihr knochiger Finger wie eine spitze Lanze auf ein Mädchen mit langem blondem Haar.

Die Mädchen kicherten. Miss Portsmith wurde zornesrot. Sie ballte ihre Hände zu Fäusten. Sie ging in der anderen Richtung davon. «Unverschämtes ...», murmelte sie. Sie sah sich schnell um, ob es jemand gehört hatte. Sie stand allein im Flur.

«Post für Miss McGray», hatte kurz danach Mr Shole vor einem der nächsten Zimmer gerufen und nachdem eine Dame geöffnet hatte, hatte er ihr den Brief übergeben. Dann war er weitergeeilt durch die Gänge des Hauses. Man konnte seine Schritte auf dem Parkett der Flure noch lange hören. Die Schule war wie ein Labyrinth.

Meine allerliebste Gina,
mein Mädchen mit den hübschesten Augen der Welt.
Wie trostlos ist es hier ohne dich.
Leider reagiert der Markt nach wie vor instabil. Es ist zum Verzweifeln, aber ich kann noch nicht kommen, um meine liebste Gina in den Armen zu halten. Mein Chef hat mir die Lohnerhöhung nicht bewilligt. Was soll man da machen? ...

Die junge Dame, die von dem Sekretär der

7

Schule Post überreicht bekommen hatte, legte den neuen Brief zu den anderen in ihren Nachtschrank. Heute Abend würde sie sich den Brief noch einmal ansehen, ganz in Ruhe. Danach würde sie ihn sorgfältig zusammen mit den anderen, mit der roten Samtschleife umwunden, im Schränkchen verwahren. Eine Träne fiel auf den obersten Brief. Ihre Finger glitten zärtlich an dem kleinen Stapel entlang. Ein kurzer Blick in den Spiegel, das Haar gerichtet, die Tränen weggewischt, sie war nun bereit, ihre Pflicht zu erfüllen. Sie verließ ihre Räume, eine winzige Wohnung, bestehend aus dem Schlafzimmer sowie einem kleinen Büro, Schreibtisch, Bücherregalen und vor dem Kamin ein Sofa. Ausreichend.

Für die Lehrer der Einrichtung standen ein gemütlicher Salon und ein Lehreressraum zur gemeinsamen Verfügung bereit. Vor allem in den Wintermonaten, wenn sich Schnee vor der Schule türmte und Stürme um die alten Mauern tosten, war der Salon der bevorzugte Aufenthaltsort der Lehrerschaft.

Sie nahm sich vor, ihrem Geliebten das Geld zu überweisen. Morgen war ihr freier Abend. Das Dorf war nur ein paar Meilen entfernt, aber zweimal am Tag fuhr ein Bus.

Zu lange warteten sie auf ein Wiedersehen. Hier in der Schule benötigte sie kaum Geldmittel. Also warum sollte sie nicht ihrem Liebsten helfen? In freudiger Erwartung streckte sie den Rücken durch und betrat ihren Klassenraum. Es roch nach Kreide und alten Büchern.

Die Kinder erhoben sich, die Lehrerin nickte ihnen zu.

«Guten Tag, Miss McGray!», riefen die Mädchen, mehr oder minder gleichzeitig, im Chor.

Der Unterricht konnte beginnen. Englische Literatur. Nicht gerade das Lieblingsfach der meisten hier anwesenden Mädchen. Aber für eine allumfassende Ausbildung zu feinen Damen der Gesellschaft war es äußerst wichtig, zu jedem Thema eine fundierte Meinung äußern zu können. Zumindest sollte man hier lernen, den Anschein einer ausgewogenen Bildung vermitteln zu können. Dafür lehrte Miss McGray ebenfalls Konversation.

Im Büro der Rektorin des Hauses stand Miss Graham am Erkerfenster und blickte auf den weitläufigen Rasenplatz vor dem Haupteingang. Ein Gärtner war damit beschäftigt, das Laub zusammenzuharken. Eine undankbare Aufgabe im Herbst.

«Guter alter Davies», flüsterte sie und lächelte.

Was sollte sie ohne ihn machen? Er war die gute Seele der Schule. Sie holte sich gern von dem alten Herrn Ratschläge. Er war ein weiser Mann, sehr belesen. Oft hatte er ihr gegenüber das Zitat eines bekannten Autors geäußert. Sie war immer wieder überrascht, dass dieser Mann ausgerechnet Gärtner geworden war. Nichts gegen den Berufsstand eines Gärtners, aber das erschien ihr sehr seltsam zu sein. Sein winziges Gartenhaus war voller Bücher über Pflanzen, gute und böse. Aber daneben standen die großen Dichter und Reiseberichte aus aller Welt. So viel Miss Graham wusste, hatte der Gärtner das Anwesen kaum verlassen in der langen Zeit seiner

Tätigkeit. Also hatte er sich die Welt in sein Gartenhaus geholt.

Die Rektorin wusste genau, dass auch einige der Schülerinnen sich gern einmal einen Rat von dem alten Herrn holten. Sie duldete es. Die kleinen Mädchenseelen hatten oft Kummer und Davies mit seiner Weisheit fand meist die richtigen Worte, um ihnen zu helfen. Und die jungen Mädchen wussten, dass er ihre Probleme für sich behielt. Er war verschwiegen.

Wie lange war Davies auf diesem Anwesen schon angestellt? Sie überlegte. Sicher über fünfzig Jahre. Er hatte bereits für den vorherigen Besitzer des Hauses gearbeitet und musste nun wohl schon siebzig Jahre alt sein. Er wohnte etwas abseits im Park und kam nur zu den Mahlzeiten in das Internatsgebäude.

Es war damals ein Glücksfall gewesen, dass das Anwesen zum Verkauf gestanden hatte. Ein wundervolles, gut erhaltenes Haus im Stil der Georgianischen Epoche mitten in einem großen Park und umgeben von dichtem Wald.

Das Haus bestand aus robusten roten Backsteinen mit weiß aufgesetzten Pilastern und einem eindrucksvollen Portal. Vieles von dem Mobiliar hatte übernommen werden können. Es gab ausreichend Platz für die Klassenräume, Unterkünfte für die Lehrerinnen, einen Sekretär und die Köchin. Das übrige Personal kam an jedem Tag mit dem Bus aus Wolton, einem winzigen Ort mit nur elf Häusern und einer Kirche. Für die Bewohner des Ortes war die Gründung der Schule einem Hauptgewinn gleichgekommen. Es hatte sonst keine Arbeit in dieser Gegend gegeben. Wenn man also nicht bei einem Bauern der Umgebung arbeiten oder jeden Tag den langen Weg nach Dunbar fahren wollte, war die Schule der einzige Weg, etwas zu verdienen.

Miss Grahams eigene Räume waren etwas größer, aber als Leiterin der Einrichtung stand ihr das zu.

Sie hatte vor fünfzehn Jahren diese Schule gegründet. Da ihre Geldmittel niemals ausgereicht hätten, war eine Stiftung gegründet worden, die es auch nicht so begüterten Eltern erlaubte, ihre Töchter hier unterzubringen. Es hatte Unterstützung von höchster Stelle gegeben. Durch die hohen Schulgeldzahlungen der besser bemittelten Eltern trug sich die Schule nun seit ein paar Jahren selbst. Eine Erfolgsgeschichte.

Mittlerweile gab es auch in jedem Jahr Mädchen, die mittels eines von der Stiftung ausgeschriebenen Stipendiums die Schule besuchen konnten.

Gut so, dachte Miss Graham. Dadurch kam frischer Wind in die muffigen Hallen der Schule. Das Institut sollte etwas Besonderes sein. Ein Hort der Bildung und Vervollkommnung der Erziehung junger Mädchen. Darum gab es auch die Fächer Tanz und Konversation. Tanz war sehr beliebt unter den Mädchen, Konversation eher nicht. Obwohl sie genau wusste, dass die Mädchen untereinander eine Menge Konversation betrieben. Sie lächelte.

In Crossbill-House ging alles seinen vorbestimmten ruhigen Gang. Die Eltern brachten ihre Töchter im Frühjahr, holten sie für die Sommerferien wieder ab und brachten sie im September zurück in die Schule. Dann kamen auch einige Neuzugänge. Gestern war es wieder so weit gewesen.

Miss Graham hatte alle Hände voll zu tun gehabt. Zimmer mussten verteilt, Bücher und Stundenpläne ausgegeben werden. Vor allem die Hausordnung wurde an solchen Tagen mehr als nur einmal heruntergebetet. Miss Graham kannte das. Es war Routine.

An ihrer Seite stand Mr Shole, der neue Sekretär. Er war seit Kurzem hier angestellt und Miss Graham war nicht gerade zufrieden. Er war schlampig, nicht nur in seinem Auftreten, sondern auch, was die Ordnung auf seinem Schreibtisch betraf. Doch ansonsten war er ein ruhiger Mensch, sah man einmal von seinen Niesanfällen ab, die ihn aufgrund einer Allergie ständig quälten.

Zwischen seinen Akten standen deshalb auch Fläschchen und Tablettenröhrchen. Daneben lagen Unmengen von Taschentüchern. Shole dankte jeden Tag dem Herrn für die Erfindung des Papiertaschentuches.

Miss Graham stöhnte. Sie würde den jungen Mann noch einige Zeit tolerieren. Aber wenn sich die Situation als unhaltbar herausstellen sollte, musste sie einen neuen Kandidaten finden. Schon wieder. Vielleicht lieber eine Sekretärin?

Sie zog ihre klassisch geschnittene graue Kostümjacke straff und strich über das dunkle Haar.

Als vorgestern der Ansturm der Eltern beendet gewesen war, alle Schülerinnen ihre Zimmer bezogen hatten und die Stundenpläne verteilt worden waren, war erneut der ruhige Alltag in das Internat eingezogen.

Manchmal sehnte sie sich nach etwas Aufregung. Aber man sollte solche Wünsche lieber nicht laut aussprechen.

Barri und die Äpfel verreisen

September. Erntezeit.

Hinter der alten Brauerei in St. Applewood flogen Worte hin und her. Manchmal auch ein fröhliches Lachen, wenn jemand einen Witz gemacht hatte. Vor allem der alte Chadwick besaß einen riesigen Fundus an lustigen Geschichten.

Die Streuobstwiese sah endlich gut aus. Das hohe Gras war verschwunden, die Bäume trugen rötlichgelbe Früchte und die alte Scheune war entrümpelt und gesäubert worden. Dorthin kamen nun die ersten Kisten mit Äpfeln, die verschiedenen Sorten ordentlich getrennt voneinander.

Barrington und Farlan standen auf Leitern und pflückten, während Chadwick und Fred Brandon die Kisten in die alte Scheune trugen. Dort war es kühl und trocken. Bis zu Barringtons Abfahrt zu der Ciderbrauerei waren sie dort gut aufgehoben.

Am nächsten Tag wollte sich Barrington auf den Weg nach Dunbar machen, etwa dreißig Meilen von Edinburgh entfernt. Dort ganz in der Nähe lag die Brauerei Ainsley des Mr Jonathan Wilbur. Zu diesem Zweck hatte er sich den kleinen Morris-Lieferwagen von seinem Onkel John geborgt. In seinen Land Rover würden die vielen Kisten nicht hineinpassen.

Der Großvater des Brauereibesitzers in Dunbar hatte vor Jahrzehnten aus einer alten Mühle eine Ciderbrauerei gemacht und mit diesem Schachzug goldrichtig gelegen. Die Geschäfte liefen gut und ihr Cider war weithin bekannt.

Mr Wilbur hatte am Telefon Barringtons Enthusiasmus gedämpft. Nicht jeder Apfel eignete sich zur Herstellung von Cider. Er wollte sich erst die Früchte genau ansehen, bevor er eine abschließende Zusage machen konnte.

Aber Barri war guter Dinge. Warum sollte man hinter der ehemaligen Brauerei in St. Applewood Obstbäume gepflanzt haben, deren Früchte nicht zum Mosten getaugt hätten? Sein Vater Fred war seiner Meinung. Er hatte ihm die Namen der drei Sorten aufgezählt, die man in der Obstwiese finden konnte. James Grieve, Cox Orange und Roter Bellefleur. Durch die Vernachlässigung der Bäume in den letzten Jahren konnten die Sorten natürlich gelitten haben. Man würde sehen, was Mr Wilbur meinte.

Richard Prescott, Barris Freund aus Kindertagen, würde für die Zeit seiner Abwesenheit im Pub übernachten. Der Junge sollte nicht allein bleiben.

Inzwischen hatte sich alles geklärt und die Familie John, Barris Onkel und Tante, hatte nun ein Pflegekind. Eigentlich sollte Farlan auf den Bauernhof ziehen, hatte die Dame von der Jugendschutzbehörde, Janet Grant, gemeint. Farlan hatte ein miesepetriges Gesicht gemacht. Er wollte im Pub bleiben. Rufus würde sich sicher nicht mit der Hofkatze der Johns vertragen, hatte Farlan gesagt. Am Ende hatte man sich mit der Dame geeinigt, die natürlich einen Pub für ein Kind nicht angebracht gefunden hatte.

Aber Constable McDonald, den Miss Grant sehr mochte, hatte sie überzeugt, dass der Junge für sein Alter sehr vernünftig war und eigentlich schon alt genug mit seinen nunmehr fünfzehn Jahren, seine eigenen Entscheidungen zu treffen. Er selbst wolle darauf achten, dass Farlan nicht bis spät in die Nacht im Pub arbeiten würde. Miss Grant war am Ende mit dem Arrangement zufrieden gewesen. Barrington vermutete, sie hatte ein Auge auf den Constable geworfen und es gefiel ihr, was sie sah.

Maureen kam mit einem großen Korb am Arm in den Garten. Barrington stieg von seiner Leiter, als er sie sah und wischte sich die Hände an seiner Hose ab. Maureen schüttelte deshalb missbilligend den Kopf. Barrington schmunzelte.

«Was führt dich zu uns, Maureen? Du siehst ja. Wir sind im Erntefieber.»

«Ich dachte mir, dass ihr vielleicht keine Zeit habt, eine Pause einzulegen. Du willst doch morgen bereits mit den Äpfeln unterwegs sein. Darum hat mir Mrs Rissole einen Korb voller guter Dinge gepackt. Es gibt Tee, Gebäck und Sandwiches. Wie wäre es mit einer Pause?»

Maureen stellte den schweren Korb auf den Boden, nahm eine Decke heraus und breitete sie unter einem der Bäume aus. Chadwick und Fred

Brandon waren sofort aus der Scheune gekommen und beugten sich über den Korb. Chadwick schnalzte mit der Zunge.

«Wir könnten eine Pause vertragen, oder Barri?», fragte er. Farlan war soeben mit einem Korb voller rotbackiger Äpfel von der Leiter gestiegen. Er drückte den Rücken durch.

«Das wäre sehr schön. Viel ist nicht mehr zu tun. Noch den Rest an diesem Baum und wir haben es geschafft», sagte der Junge und sah sich nach seinem Kater um. Rufus lag unter einem der Bäume und schnurrte mit geschlossenen Augen. Als Maureen begann, das Essen auszupacken, war der Kater sofort wach und sprang auf die ausgebreitete Decke.

«Das könnte dir so passen, du Faulpelz», sagte Farlan lachend und setzte das Tier zurück ins Gras.

Es war ein warmer Septembertag. Die Apfelpflücker saßen eine ganze Stunde im Schatten und ließen sich das Essen schmecken. Obwohl es bereits September war, wärmte heute die Mittagssonne noch. Ein guter Tag zum Ernten.

Barrington lag mit geschlossenen Augen im Gras und Farlan pflückte die letzten Äpfel.

«Na das lasse ich mir mal gefallen! Ist der Herr zu fein für niedere Arbeiten?» Rick stand über Barrington gebeugt und tippte seinem Freund mit dem Fuß in die Seite.

Barrington öffnete die Augen und brummte.

Richard Prescott stand mit einer Reisetasche neben ihm. «Ich wollte schon mal meine Sachen bringen. Bist du bereit für deine Reise?»

«Ihr tut alle so, als würde ich wochenlang fort

sein. Es sind doch nur zwei Tage. Ich lasse die Äpfel prüfen, mache den Vertrag klar und fahre zurück nach Edinburgh. Dort bleibe ich eine Nacht, kaufe für Raelyn McNeedle Wolle und komme am nächsten Tag zurück. Ich muss morgen noch kurz bei ihr im Wollladen vorbeischauen. Sie wollte eine ganz spezielle Wolle haben. Was hast du da alles in deiner Tasche?», fragte Barrington. Er war aufgesprungen und hatte danach gegriffen. «Die ist ja bleischwer.»

«Ich habe nur ein paar Bücher, zwei Hemden, eine Wechselhose, meinen Schlafanzug und noch ein paar Bücher eingepackt. Was man so braucht», klärte Rick seinen Freund auf. Barrington verdrehte die Augen.

Maureen war vor ein paar Minuten gegangen. Sie musste zu ihrem Onkel. Heute würden sich zwei Herren für den freigewordenen Posten des Butlers vorstellen. Da sollte sie lieber anwesend sein.

Auf Woodland Manor saß Maureens Onkel Millweard in der Halle des Hauses. Er hatte sich einen großen Stuhl aus dem Salon besorgt, schwer, als wäre er aus Eisen, und mit einer hohen geschnitzten Lehne. Die Schleifspur am Boden der Halle zog sich bis in den Salon, aus dem der alte Stuhl stammte.

Er saß in dem Sessel, war mit seinem besten Kilt bekleidet, trug den Sporran, den traditionellen Geldbeutel, vor dem Bauch, sowie ein weißes Spitzenhemd und eine karierte Weste. Sein Blick war auf die Eingangstür gerichtet. Auf dem Kopf saß schief ein kariertes Barett mit einer schwarzen Troddel obenauf, die bei jeder Bewegung seines Kopfes

18

wackelte. Vielleicht saß sie nicht mehr so fest an Ort und Stelle. Schließlich stammte das Barett noch von seinem englischen Großvater, der sich mit den schottischen Nachbarn gut stellen wollte und die traditionelle Kleidung der Schotten anfertigen lassen hatte. Der Viscount hatte die Mütze in einer Truhe auf dem Speicher nach langem Suchen entdeckt. Sie roch intensiv nach Mottenkugeln. Dort hatten auch der Kilt und die Weste gehangen. Gut verpackt in einem Kleiderbeutel. Maureens Onkel hatte das gute Stück seit Jahren nicht mehr getragen. Das Karomuster, dunkelblau und grün mit einem Hauch rosa, war traditionell speziell für die Viscounts von Woodland entworfen worden. Jeder Clan in Schottland hatte seine speziellen traditionellen Tartanmuster.

Im achtzehnten Jahrhundert hatten die Engländer Kilt und Tartan vierzig Jahre lang verboten. Nach der verheerenden Schlacht bei Culloden war der schottische Widerstand gebrochen gewesen. Es hatte eine dunkle Zeit für das Volk der Schotten begonnen.

Als Maureen die Halle mit ihrem leeren Picknickkorb betrat, bekam sie einen furchtbaren Schreck. Sie hatte ihren Onkel seit Jahren nicht mehr so rausgeputzt gesehen.

«Was tust du denn hier? Wieso sitzt du in der eiskalten Halle? Wen erwartest du denn?», fragte sie ihren Onkel.

Mrs Partridge erschien.

«Er war nicht davon abzubringen. Oh, nun sehen Sie sich den Fußboden an, Eure Lordschaft! Wie

soll ich diese Streifen denn wegbekommen?»,
beschwerte sich die Hausdame verzweifelnd, zog
einen Lappen aus ihrer Schürzentasche und rubbelte
an den dunklen Schleifspuren auf dem Boden der
Halle herum.

«Ich warte auf die Schar der Bewerber», erklärte
seine Lordschaft und stierte zur Unterstützung auf
die Eingangstür.

«Onkel Millweard, es kommen nur zwei Herren.
Sie wurden uns für sechzehn Uhr avisiert. Jetzt ist es
kurz nach drei Uhr. Wir sollten die Bewerber im
Salon empfangen. Bing hat dort Feuer gemacht. Es
war heute Morgen eiskalt im Haus. Du holst dir eine
Erkältung. Na komm schon mit. Mrs Partridge, bringen Sie uns bitte Tee.» Maureen Hastings griff nach
dem Arm ihres Onkels, der sich bereitwillig in den
warmen Salon ziehen ließ.

«Ach wie schade. Nur zwei Bewerber kommen?
Wie unangenehm wenig. Aber ich habe nicht sehr
viel Zeit heute. Ein Experiment wartet auf mich.
Und in dem Rock kann ich nicht arbeiten», sagte
Onkel Millweard.

«Warum hast du dich denn so festlich gekleidet?»

«Der erste Eindruck ist entscheidend. Ich will
diesmal alles richtig machen und dem Anwärter
zeigen, dass er in ein ordentliches schottisches Haus
kommt. Wir wollen keinen zweiten Slander haben,
nicht wahr, mein liebes Kind?»

Maureen nickte.

Es klopfte an der Salontür und Bing erschien mit
einem Korb voller Kaminholz. Er legte nach und das

Feuer loderte lustig.

«Vielen Dank, Bing, würdest du bitte den Stuhl in der Halle an die Seite räumen? Er steht mitten im Weg. Das sperrige Ding kann dort an einer Wand stehen bleiben. Es sitzt im Salon nie jemand da drin, ist viel zu unbequem.»

Der Knecht nickte und machte sich an die Arbeit. Aus der Halle kam ein unangenehm quietschendes Geräusch, als Bing den schweren Stuhl zur Seite schob. Maureen und ihr Onkel hielten sich die Ohren zu. Sie sah Millweard strafend an.

Wenn nur Edward hier wäre, dachte Maureen. Aber ihr Bruder machte sich wie immer rar.

Pünktlich um sechzehn Uhr standen zwei Herren vor dem Anwesen und baten um Einlass.

Mrs Partridge führte die beiden in die Empfangshalle und meldete dann ihre Ankunft.

Maureen begrüßte sie herzlich und bat den ersten der Männer zu einem Gespräch in den Salon.

«Bitte nehmen Sie doch Platz. Sind Sie mit dem Bus gekommen, Mr ...» Maureen nahm die Bewerbungsunterlagen und sah nach dem Namen.

«Hudson, Mylady, nur einfach Hudson», meldete sich der Herr. «Ich kam mit dem Zug aus Edinburgh. Ab Lintie habe ich den Bus genommen.»

Er war ein kleiner Herr, bei dem Maureen irgendwie sofort das Bild eines Drahthaarterriers vor Augen hatte. Sein dunkles Haar war sorgfältig gekämmt, der Anzug saß vorschriftsmäßig und die Schuhe waren auf Hochglanz geputzt. Unter der Nase saß ein Schnurrbart.

«Wie alt sind Sie, Hudson?», fragte der Viscount.

21

Hudson räusperte sich.

«Fünfzig Jahre, Eure Lordschaft.»

Maureen sah ihren Onkel strafend an. Der hob die Hände entschuldigend.

«Sehen wir uns doch einmal Ihre Referenzen an», meinte Maureen freundlich.

«Sie werden sehen, dass mein letzter Arbeitgeber ausgesprochen zufrieden gewesen ist. Der Earl of Pems war ein wunderbarer Mensch. Er ist leider von uns gegangen, in der Blüte seiner Jahre.» Hudson bekam feuchte Augen.

«Wie alt war denn der arme Junge?», fragte der Viscount mitfühlend.

«Erst neunzig Jahre alt. Es war ein furchtbarer Verlust», erwiderte Hudson.

Seine Lordschaft brummte.

Maureen fuhr mit einem Seitenblick auf ihren Onkel fort. «Wie ich aus den Unterlagen, die Sie eingereicht haben, sehen kann, war auch Ihre Ausbildung an einem bekannten Butlerinstitut in London sehr erfolgreich. Haben Sie danach sofort bei dem Earl als Butler gearbeitet? Ich sehe hier keine weitere Referenz.»

«Nach meiner Ausbildung habe ich für General ade Sir Humers gearbeitet. Ich war nur fünf Jahre bei ihm beschäftigt. Leider hat er ebenfalls ... nach überaus kurzer Krankheit ...» Hudsons Augen wurden erneut nass. «Es kam so plötzlich. Er konnte mir kein Zeugnis ausstellen.»

«Sterben Ihre Arbeitgeber oft, wenn Sie dort angestellt sind?», wollte der Viscount wissen und bekam einen weiteren bösen Blick von seiner

22

Nichte.

«Bitte warten Sie doch in der Halle. Wir sprechen noch mit dem zweiten Bewerber und werden danach unsere Entscheidung bekannt geben», sagte Maureen. «Ich hoffe, bis zur Abfahrt des Busses werden Sie Zeit für eine Tasse Tee haben. Es war sicher eine anstrengende Anreise.»

Hudson verbeugte sich, griff in seine Hosentasche und zog ein schneeweißes Taschentuch heraus. Er schnäuzte sich lautstark und wischte sich die nassen Augen trocken. Dann ging er an dem anderen Bewerber vorbei in die Halle.

Der zweite Herr war weitaus jünger und sah dem Ersten erstaunt nach. Führte die Befragung der potenziellen neuen Arbeitgeber etwa dazu, dass man zum Weinen gebracht wurde? Oder war dieser alte Butler bereits ausgemustert worden? Der junge Mann lächelte. Ein leichtes Spiel für ihn. Dachte er jedenfalls.

Er kam sozusagen direkt von der Butlerschule. Allerdings nicht von der renommierten Schule in London, sondern einem kleineren Institut in Wales. Der Herr stellte sich als Mr Warwick vor, legte Wert auf die korrekte Anrede und hielt sich mit der Begründung dieser eine ganze Weile auf.

Er erklärte, dass er eigentlich noch eine Bewerbung an eine hohe Persönlichkeit gerichtet hatte, und hoffte, dass das Gespräch hier, er sah sich etwas herablassend im Raum um, nicht zu lange dauern würde. Sein Blick blieb an dem etwas fadenscheinig gewordenen alten Teppich haften. Er verzog den Mund. Man bekam den Eindruck, dass der Mann von seiner eventuell neuen Arbeitsstelle nicht sehr angetan war. Es hätte nur noch gefehlt, dass er weiße Handschuhe hervorgeholt und über die Oberflächen der Möbel gestrichen hätte, um nach Staub Ausschau zu halten.

Gut, dass Mrs Partridge das nicht sehen muss. Sie würde dem Mann ihre Meinung sicher gern übermitteln, dachte Maureen.

Dann erklärte der junge Mann, dass er mit dem eigenen Wagen hier und bis Aberdeen noch ein weiter Weg sei. Dort wäre das andere Bewerbungsgespräch. Es handelte sich um den Duke of Burcaster-Mausington. Er beschrieb lang und breit das Anwesen, für das er wahrscheinlich verantwortlich zeichnen würde, die Dienstbotenschar, die ihm unterstellt werden würde, und die Zimmerflucht, die zu seiner Verfügung stehen würde. Er bekam glasige Augen. Aber nicht die Art von Mitgefühl, die vorher Hudson über seine verstorbenen Herrschaften zu Tränen gerührt hatte. Mr Warwick ließ niemand anderen zu Wort kommen.

Maureen und ihr Onkel sahen sich mit hochgezogenen Augenbrauen an.

«Dann wollen wir Sie nicht aufhalten, Warwick ... Mr Warwick, entschuldigen Sie», sagte Maureen, stand auf und begleitete den Herrn, der nun doch etwas verwirrt dreinschaute, bis zur Eingangstür.

Hudson, der in dem unbequemsten Stuhl des Hauses in der Halle gesessen hatte, sprang auf, als Maureen herausgekommen war.

Maureen öffnete die Eingangstür und schob Warwick hinaus.

«Wollen Sie nicht wenigstens meine Referenzen sehen?», sagte der junge Mann.

«Ich dachte, Sie kommen direkt von der Schule. Ihre Zeugnisse sind gut. Aber was sollten Sie für Referenzen vorweisen können?» Maureen schloss die Tür, drehte sich zu Hudson um und lächelte.

«Tee?», fragte Maureen.

Hudson verbeugte sich und machte ein freudiges Gesicht. Man hatte einen neuen Butler gefunden.

Barrington wollte sich am nächsten Morgen auf den Weg nach Edinburgh machen. Die Ciderbrauerei Ainsley befand sich kurz hinter dem Städtchen Dunbar. Er nahm sich am Abend seinen alten Autoatlas vor und fuhr mit dem Finger auf der Karte die Straßen ab. Es war ganz einfach. Er notierte sich ein paar Punkte, die er durchfahren musste, und die Namen der Straßen. Vor allem schrieb er sich den Weg durch Edinburgh genau auf. Er hatte die Stadt schon öfter besucht, aber das war eine Weile her. Immer wenn er in der Vergangenheit der schottischen Hauptstadt einen Besuch abgestattet hatte, hatte er die Taxifahrer und ihr Können, durch die teils engen Straßen der Stadt zu navigieren, bewundert.

Am nächsten Tag fuhr er den Lieferwagen seines Onkels um den Pub herum nach hinten. Der Motor des Wagens hatte kurz gebockt. Dann war er angesprungen.

Barrington konnte hinter dem Pub bis ganz zur Scheune vorfahren. Im letzten Jahr wäre das noch unmöglich gewesen. Aber die Aufräumarbeiten in der Obstwiese und der Scheune hatten einen alten überwucherten Weg zutage gebracht, an den niemand mehr gedacht hatte.

Farlan und Barrington beluden den Lieferwagen. Auf den Vordersitz kam die kleine Reisetasche und Barrington war startklar.

«Ich bin morgen wieder da, Farlan. Pass gut auf den Pub auf und überlass Chadwick und Rick den Ausschank. Du weißt doch noch, was Miss Grant gesagt hat.»

Farlan nickte.

«Klar doch. Ein Kind darf keinen Alkohol ausschenken.» Dabei verstellte der Junge seine Stimme so, als würde Miss Grant, die eine sehr hohe Stimme hatte, reden. Barrington lachte.

Er drohte Farlan mit dem Finger.

«Wir wollen keinen Ärger mit einer Behörde. Wenn du achtzehn bist, kannst du tun und lassen, was du willst. Bis dahin ist es besser, nicht aufzufallen. Rick wird auf dem Weg sein, ich fahre dann schon mal los.» Er stieg in den Lieferwagen und startete. Nichts geschah. Dann versuchte er es erneut. Der Motor ruckelte und sprang an.

Barrington atmete auf. Er kurbelte das seitliche Fenster herab. Farlan sah mit skeptischem Blick auf den Wagen.

«Mein Onkel hat mir schon gesagt, dass das ein sehr störrisches Auto ist. Man muss ihm gut zureden. Wird schon gutgehen.» Er winkte dem Jungen und machte sich auf den Weg.

Bevor er die Fahrt nach Edinburgh antrat, hielt er kurz an dem Geschäft von Raelyn an. Sie saß wie immer in ihrem bequemen Sessel im Schaufenster, sah dem Treiben auf der Straße zu und häkelte dabei an einer bunten Decke. Barrington öffnete die Tür und trat ein.

«Hallo, Raelyn. Ich fahre jetzt nach Edinburgh und weiter bis Dunbar. Auf dem Rückweg soll ich dir doch Wolle mitbringen. Schreibst du mir bitte den Namen genau auf? Du weißt ja. Ich und alles, was mit deinem Handwerk zusammenhängt, vertragen sich nicht.»

Raelyn erhob sich, legte die bunte Decke, an der sie arbeitete, zur Seite und ging zum Tresen.

«Was für eine schöne Decke wird das denn?», fragte Barrington.

«Das wird eine Wetterdecke. Man häkelt an jedem neuen Tag eine Reihe. Vorher legt man genau die Farben fest, die man für die jeweilige Temperatur des Tages benötigt. Heute ist es durchschnittlich vierzehn Grad, also bekommt die Decke einen mittelblauen Streifen. Morgen sollen es etwas weniger sein. Ungefähr acht Grad. Dann wird es ein grauer Streifen. Die warmen Tage werden tiefblau. Am Ende mache ich eine hübsche Kante ringsum. Mein guter Ian muss mir an jedem Tag die Temperatur von dem alten Thermometer an der Stallwand ablesen.»

«Das ist interessant. Verkaufst du die Decke oder machst du sie für dich?»

«Ich werde sie verkaufen. Das ist die Erste dieser Art und ich wollte es einmal ausprobieren. Warum? Hast du Interesse?»

«Ich denke, das wäre etwas für den alten Chadwick. Ich habe das Gefühl, dass er etwas Farbe in seinem Cottage gut gebrauchen kann. Und eine Decke für seine Beine, wenn ihn wieder einmal das Rheuma plagt, wäre sicher auch eine gute Idee. Er achtet zu wenig auf sich und meint, ich würde es nicht bemerken, wie er manchmal mit schmerzenden Beinen zum Pub geschlichen kommt.»

Sie nickte lächelnd und reichte Barrington einen Zettel.

«Ich habe dir alles bereits notiert. Du wolltest doch gern einen ganz leichten Schal haben. Ist das richtig?»

Barrington nickte.

«Genau. Maureen hat im Dezember Geburtstag. Du sagtest etwas von Seidengarn. War es nicht so?»

«Ich häkele ihr einen ganz leichten Schal aus Mohair-Seidengarn. Das Garn kommt aus Deutschland. Dort hält man eine bestimmte Ziegenart. Die Wolle, die hergestellt wird, ist wunderbar leicht und weich. Ist teurer. Aber du wolltest ja etwas ganz Besonderes für Maureen haben.» Sie zwinkerte Barrington verschwörerisch zu.

«Darum musst du mir diese Wolle aus dem Geschäft in Edinburgh mitbringen. Ich habe sie schon bestellt. Meine Häkelanleitung habe ich fertig und den Schal *Maureens touch of nothing* genannt. Das wird sozusagen ein Nichts von Schal, du wirst begeistert sein, Barri.»

Barrington nahm den Zettel aus ihrer Hand und sie gab ihm das Geld.

«Wenn du schon einmal in dem Geschäft bist, bring bitte noch etwas mehr mit. Ich habe alles aufgeschrieben und mache dir am Ende einen guten Preis für den Schal.»

Barrington verabschiedete sich, verließ das Geschäft und stieg in seinen Wagen. Er betätigte den Anlasser. Soeben gingen die Schwestern Pullman an ihm vorbei. Petunia Pullman wiederum mit einem Hut, der gut zu einem Empfang bei der Queen gepasst hätte. Ein Hauch von rosa Federn und Tüll. Mit einem lauten Knall sprang der Motor an und die beiden Schwestern machten einen Sprung nach vorn. Der gute neue Hut verrutschte und saß nun quer auf dem Kopf, nur gehalten von Miss Petunias rechter Hand.

«Entschuldigung! Schicker Hut, Miss Petunia!», rief ihr Barrington zu, nachdem er das Fenster heruntergekurbelt hatte, und verließ schnellstens St. Applewood. Die beiden Schwestern sahen ihm kopf-schüttelnd nach.

«Warum sind die Leute nur immer so ungemüt-lich eilig unterwegs?», fragte Miss Petunia ihre Schwester. «Ja, furchtbar, meine Liebe. Heute Nach-mittag ist Besprechung des Antialkoholvereins bei Mrs Clement. Das wird auch wieder ungemütlich.»

«Gehen wir danach auf einen Cider in den Pub?», fragte Miss Hortensia und sah ihre Schwes-ter bettelnd an.

«Was denkst du denn? Natürlich», sagte Petunia. Dann gingen die beiden glücklich lächelnd ihrer Wege.

Der Lieferwagen quietschte und ruckelte wie ein rheumatischer alter Mann. Onkel John hatte den

Wagen von einem Handwerker aus zweiter Hand übernommen. Auf der Seitenwand stand in großen Buchstaben *CLEANING IS OUR JOB.* Onkel John wollte irgendwann etwas anderes darauf schreiben lassen. Aber es würde nicht billig sein und nur für die Lieferung seines Gemüses oder der Eier empfand er das als unnötig. Außerdem kannten inzwischen alle Händler, die er belieferte, sein Auto und niemand wunderte sich mehr darüber.

Schnell zu fahren, war nicht möglich. Barrington würde sicher länger für die Strecke brauchen, als er gedacht hatte.

Schlimm genug, dass jedes noch so kleine Auto ihn überholte, gab es auch noch einen Stau kurz vor Edinburgh. Ein Transporter mit Schafen war im Graben gelandet und die Tiere hatten sich auf der Straße und den Seitenstreifen verteilt. Glücklicherweise war keinem Tier etwas geschehen und auch der Fahrer war unverletzt. Der arme Mann blieb ruhig, was sich wiederum beruhigend auf seine Tiere auswirkte. Nichts wäre schlimmer, als wenn die Schafe in Panik davonlaufen würden. Sein Bordercollie war vollauf beschäftigt, die Herde zusammenzuhalten. Er machte das gut und kein Schaf konnte die Flucht ergreifen.

Barringtons Lieferwagen war in kürzester Zeit von blökenden Schafen umzingelt. Er griff zu seiner Thermosflasche. Gut, dass Farlan ihm Kaffee mitgegeben hatte. In dieser Isolierflasche war er immer noch warm. *Eine tolle Erfindung,* dachte Barrington und atmete durch.

Es dauerte fast eine Stunde, die Tiere auf eine

benachbarte Wiese zu treiben und den Transporter zurück auf die Straße zu bekommen. Dann konnte Barrington endlich weiterfahren.

Nach dem Mittag kam Dunbar in Sicht.

Er ließ den Fischerort mit der Burgruine über dem Hafeneingang hinter sich und fuhr aus dem Ort hinaus in Richtung Süden weiter. Als er den Flusslauf des Dry Burn überquert hatte, hielt er sich rechts und endlich, nach einer Viertelstunde, sah er das Hinweisschild der Brauerei.

Barrington atmete auf. Es war früher Nachmittag.

Der Lieferwagen hoppelte auf den Hof. Anders konnte man es nicht bezeichnen. Es war ihm etwas peinlich.

Das längliche Hauptgebäude bestand aus dunklen Bruchsteinen und rotem Ziegelwerk. Dahinter gab es eine runde Darre mit Kegeldach. Dort war vor Jahrhunderten die alte Mühle gewesen. Zu diesem Zweck hatte man damals einen Kanal angelegt, der das Wasser umlenkte. Davon zeugte noch das große Holzrad an der Seite des runden Turms.

Auf dem gepflasterten Hof liefen Arbeiter geschäftig hin und her. Sie rollten Fässer oder transportierten Kisten vollgefüllt mit Äpfeln zur Verarbeitung.

Barrington parkte den Lieferwagen an der Seite und stieg aus. Ein rundlicher Herr kam auf ihn zugeeilt. Hinter ihm lief ein kleines Mädchen mit feuerrotem Haar und versuchte, mit ihm im Gleichschritt zu gehen.

31

«Jetzt nicht, Pixie!», rief der Herr dem Kind zu und beschleunigte seine Schritte noch. Aber er konnte das Mädchen nicht abschütteln.

Kaum angekommen, streckte der Mann Barrington freundlich lächelnd die rechte Hand entgegen.

«Wie schön, dass Sie endlich da sind. Sie müssen Mr Brandon aus St. Applewood sein. Ein wunderbarer Name. Überaus passend zu Cider. Wollten Sie nicht bereits um zehn Uhr ankommen? Na, ist egal, nun sind Sie ja da. Ich bin Jonathan Wilbur, Besitzer dieser Schönheit», sagte der Mann und wies mit einer ausladenden Geste über Hof und Haus. «Hab die alte Mühle von meinem Großvater übernommen. Er hat eine Brauerei draus gebaut. Schick, oder? Na kommen Sie, sehen wir uns mal Ihre Äpfel an!»

Mr Wilbur klopfte Barrington auf die Schulter. Er war ein sehr mitteilungsfreudiger Herr. Barrington musste die vielen Informationen erst einmal verarbeiten.

Hinter Mr Wilbur erschien das kleine Mädchen.

«Ich bin Pixie!», rief sie und streckte Barrington die Hand entgegen. Barrington schüttelte die kleine Hand vorsichtig.

«Du bist nicht Pixie! Du sollst dich ordentlich vorstellen, Pixie! Das ist meine Tochter, Fiona Wilbur», erklärte Mr Wilbur.

«Pixie? Sind das nicht diese kleinen schottischen Kobolde, die nur Unsinn im Kopf haben?», fragte Barrington und sah das Mädchen lächelnd an.

«Das bin ich!», rief es stolz aus.

«Oh ja. Und wie du das bist», sagte ihr Vater und verdrehte die Augen.

32

Sie gingen gemeinsam zur Rückseite des Lieferwagens und Barrington öffnete die Doppeltüren weit. Es duftete sofort noch etwas mehr nach reifen Äpfeln.

Mr Wilbur hob mit träumerischem Blick den Kopf.

«Wie ich den Duft von Äpfeln liebe!» Er griff zu dem ersten Apfel, begutachtete ihn genau, griff in seine Hosentasche und holte ein Messer heraus, schnitt ein Stück vom Apfel ab und steckte es in den Mund.

«Hm, ja, sehr gut. Das ist der James Grieve, guter Apfel. Haben Sie gewusst, dass ein schottischer Gärtner namens James Grieve diese Apfelsorte hier in Schottland kultiviert hat? Er ist absolut winterhart und bestens geeignet für unser Klima.» Mr Wilbur griff zu dem nächsten Apfel. «Cox Orange, natürlich. Und hier haben wir noch den wunderbaren Roten Bellefleur. Sehr gut, Mr Brandon.»

«Barrington, Mr Wilbur.»

«Dann müssen Sie auch Jonathan sagen!», rief der Brauereibesitzer und lachte laut. «Wir kommen ins Geschäft, junger Freund!»

Pixie hatte den beiden zugesehen. Nun schnappte sie sich einen der Bellefleur und lief schnell davon.

«Oh dieses Kind!», rief ihr Vater dem Kind nach. «Kaum zu bändigen. Gehen wir in die Brauerei und ich zeige Ihnen alles. Danach sind Sie mein Gast zum Tee und wir besprechen den Vertrag. Meine gute Annabel wird sich freuen, Sie kennenzulernen. Sie müssen mir auf jeden Fall mehr über Ihren Pub erzählen und wie Sie aus einer Cider-Brauerei so etwas zaubern konnten. Ich kannte den Vorbesitzer nicht. Habe aber von der leidigen Geschichte in der Zeitung gelesen. Armer Kerl. In einem Ciderfass zu enden, verdient kein Brauereibesitzer.»

Briefe, Briefe, Briefe

Mr Shole lief am Nachmittag desselben Tages wieder einmal mit einem Stapel Briefe und Karten durch die Flure des Hauses. Er schnaufte. Schweiß stand auf seiner Stirn. In der linken Hand hielt er ein nicht mehr ganz sauberes Taschentuch.

Unvermittelt musste er niesen und konnte gerade noch mithilfe des Tuches vermeiden, dass die Briefe in seiner rechten Hand nass wurden. Er wischte sich die Schweißperlen von der fahlen Stirn. Das Austragen der Briefe war seine Aufgabe, aber er mochte diese Tätigkeit nicht.

Als ihm vor einigen Wochen der Posten des Sekretärs in dieser Schule angeboten worden war, war ihm keine Wahl geblieben. Entweder zu Hause seinen endlos nörgelnden Stiefvater ertragen oder weit fort in Schottland als Sekretär in einem Mädcheninternat arbeiten.

Der Sekretär sah sich nervös um. Er wusste genau, dass die Mädchen hinter seinem Rücken über ihn lachten. Es war im Moment niemand auf dem Flur. Er atmete auf. Hoffentlich ergab sich bald ein anderer Tätigkeitsbereich. Genügend Bewerbungen hatte er vor Wochen hinausgeschickt.

Die Nase juckte schon wieder und heute Morgen im Spiegel waren seine Augen rot unterlaufen gewesen. Sein sorgfältig gestriegeltes Haar stand nach allen Seiten ab und die runde Brille rutschte ständig von der schweißnassen Nase.

Robert Shole hatte in seiner Heimatstadt Oxford fünf Jahre für einen Dekan an der Universität gearbeitet. Vorher war er in einer kleinen Manufaktur angestellt gewesen, bis sie plötzlich geschlossen worden war. Dann war Dekan Morrison in Pension gegangen und er hatte einmal mehr auf der Straße gestanden. Wenn man seinem Stiefvater glauben sollte, war diese Tatsache seine Schuld. Im Grunde war er froh gewesen, als er Oxford hatte verlassen können. Fort von seinem Stiefvater und dessen Alkoholexzessen. Seine Mutter war bereits vor Jahren gestorben. Sie hatte es schwer gehabt mit diesem Mann.

Er klopfte an einer der Türen und ein kurzes Herein kam von drinnen. Nachdem er die Tür aufgestoßen hatte und erneut niesen musste, rief er seinen allseits beliebten Satz.

«Post für ...!» Er konnte den Satz nicht beenden, da seine Augen unkontrolliert tränten.

Dieses Mal war Miss Cooper die Glückliche. Mr Shole reichte der Lehrerin den Brief. Die Dame bekam rosige Wangen und lächelte ihn sogar an. Ansonsten übersah man Mr Shole gern. Und diese

Lehrerin konnte man kaum als fröhliche Zeitgenossin bezeichnen. Sie trug stets eine Miene zur Schau, als habe man ihr einen Eimer Essig über den Kopf gekippt. Heute war das einmal anders, wie der Sekretär erstaunt registrierte. Mit einem Lächeln würde die Dame sogar halbwegs gut aussehen, dachte er sich. Ansonsten war sie eher unscheinbar zu nennen.

Er ging zurück auf den Flur und lief weiter. Zumindest konnte man sich in diesem Haus ein Fitnessprogramm schenken. Treppauf, treppab, durch Gänge und Flure, in den Essraum, in den Salon, in Büros und Klassenzimmer laufen. Mr Shole stöhnte erneut.

In dem Raum, den er soeben verlassen hatte, wurde der Brief ungeduldig aufgerissen.

Liebste Carrie,
wie trostlos ist es hier ohne dich.
Leider reagiert der Markt nach wie vor instabil. Es ist zum Verzweifeln, aber ich kann noch nicht kommen, um meine liebste Carrie in den Armen zu halten. Mein Chef hat mir die Lohnerhöhung nicht bewilligt. Was soll man da machen?
Geduld? Wie kann ich geduldig sein, wenn ich dich nicht wiedersehe? Wenn ich doch nur einige Geldmittel hätte, um wenigstens kurz dein liebes Gesicht sehen zu können. Aber das ist uns beiden wohl nicht vergönnt.
Melde dich baldigst bei deinem Liebsten.
Sei umarmt und geküsst.

Die nicht mehr ganz junge Frau legte den Brief zur Seite und starrte erneut auf das Blatt mit den langen Zahlenreihen. Sie seufzte laut. Das konnte sie tun, sie war allein im Raum. Mathematik war ihr in den Jahren nach der Ausbildung zur Lehrerin immer ein lieber Freund gewesen. Zahlen waren eine stabile Angelegenheit. Mit Zahlen konnte man niemals etwas falsch machen. Nun erschienen sie ihr plötzlich furchtbar langweilig. Es machte ihr keinen Spaß mehr, endlose Berechnungen anzustellen oder Formeln zu konstruieren.

So waren Miss Coopers Gedanken, Lehrerin für Mathematik und Tanz in Crossbill-House. Sie war Anfang vierzig, sah älter aus und trug ihr graues Haar zu einem festen engen Knoten gebunden. Das verlieh ihrem Gesicht unnötige Strenge. Wie alle Lehrerinnen der Einrichtung trug sie tagsüber klassische Kostüme in Grautönen. In ihrer Freizeit bevorzugte sie einfache unauffällige Kleider möglichst in gedeckten Farben. Damit wollte sie versuchen, unauffällig zu erscheinen. Was ihr auch wunderbar gelang. Freundschaften zu schließen, war nicht nach ihrem Geschmack. So blieb sie die meiste Zeit allein mit ihren Zahlenreihen, die ihr wenigstens nicht wehtun konnten.

Dass sie ausgerechnet das Fach Tanz mit übernommen hatte, erschloss sich den meisten Bewohnern des Hauses nicht. Den Mädchen gefielen die Tanzstunden trotz der seltsamen Lehrerin, denn meist endete es damit, dass Miss Cooper in der Ecke des Tanzsaals an einem Tisch saß und Mathematikaufgaben benotete, während die Schülerinnen sich gegenseitig tanzen lehrten. Der Lehrerin war es allemal recht. Tanzen machte ihr ebenso wenig Freude wie ausschweifende Konversation.

Mit der Oberaufsicht betraute Miss Cooper gern die kleine Madelaine, ein aufgewecktes Mädchen mit blondem Pferdeschwanz, das bereits eine Vorbildung im Tanzen hatte. Diese Stunden genossen die Schülerinnen. Konnten sie doch tun und lassen, was sie wollten. Vor allem störte sich niemand an ihrer Musikauswahl. Natürlich wurden die bekannten klassischen Tänze geübt. Aber zur großen Freude ihrer Mitschülerinnen brachte die kleine Madelaine auch Schallplatten moderner Tänze wie Jive und Boogie-Woogie mit in den Tanzsaal. Ihre Eltern versorgten das Mädchen stets mit den neuesten Platten. Sie waren im diplomatischen Dienst tätig und zumeist im Ausland unterwegs. Darum war es nötig gewesen, für ihre Tochter ein Internat zu finden. Crossbill-House hatte einen sehr guten Ruf.

Von diesem Tanzarrangement ahnte die Collegeleiterin Miss Graham nichts. Es sollte auch besser so bleiben. Das hatte Miss Cooper den Mädchen klargemacht.

Ihr Blick fiel auf den neuen Brief. Ihre rechte Hand fuhr zu ihrem Busen, an dem, gut versteckt, der kleine goldfarbene Schlüssel an einer feinen Kette hing. Sie zog die Kette über den Kopf und öffnete ein Schubfach ihres Schreibtischs. Daraus entnahm sie eine Schatulle aus Mahagoni mit einer Rose auf der Oberseite. Sie öffnete sie mittels des kleinen Schlüssels. Der Neue wanderte hinein zu den anderen. Drei Briefe lagen dort, schon leicht zerfleddert vom vielen Herausnehmen.

Geld hatte der Schreiber der Briefe noch nicht bekommen. Nach dem heutigen Brief war sie gewillt, etwas zu wagen. Miss Cooper zog eine alte Fotografie unter dem kleinen Stapel hervor und betrachtete sie lange. Ein junger Mann war darauf zu sehen, der lachend einen Ball warf. Sie seufzte. Dann verschwand die Schatulle im Schreibtisch, der Schlüssel kam zurück an ihren Busen unter der dunklen Bluse und sie erhob sich. Unterrichtszeit.

Inzwischen war der Sekretär der Schule weiterhin unterwegs, um Post zuzustellen. Eine undankbare Tätigkeit. Kaum jemand bedankte sich bei ihm.

«Post für Miss Portsmith!», rief Mr Shole. Er hatte die Dame durch Zufall gerade vor einem der Klassenräume entdeckt.

Miss Graham hatte ihm vorgeschlagen, die Post erst am Abend, wenn alle Lehrerinnen sich im Essraum versammelten, zu übergeben. Für ihn wäre das einfacher, aber die Damen hatten sich bitterlich darüber beschwert. Sie hatten gemeint, dass sie die Briefe zu spät bekommen würden. Es könnte etwas Wichtiges darunter sein, das keinen Aufschub erlaubte. Der Sekretär dachte sich seinen Teil. Er war der Meinung, die Damen wollten vermeiden, dass jemand anderes sah, dass sie Post bekamen. Also musste er weiter die Flure durchlaufen.

Miss Portsmith wartete, bis der Sekretär um die nächste Ecke verschwunden war, bevor sie ungeduldig den soeben erhaltenen Brief aufriss.

Liebste Pussy, wie trostlos ist es hier ohne dich.

Leider reagiert der Markt nach wie vor instabil. Es ist zum Verzweifeln, aber ich kann noch nicht kommen, um meine liebe Pussy in den Armen zu halten. Mein Chef hat mir die Lohnerhöhung nicht bewilligt. Dafür hat er mich nach Land's End versetzt. Was soll man da machen?

Geduld? Wie kann ich geduldig sein, wenn ich dich nicht wiedersehe? Wenn ich doch nur einige Geldmittel hätte, um wenigstens kurz dein liebes Gesicht sehen zu können. Ich vermisse dich. Warum kommst du nicht zu mir? Ich warte auf dich in Land's End. Komm so schnell wie möglich.

Melde dich baldigst bei deinem Liebsten.

Sei umarmt und geküsst.

Miss Portsmith sendete einen verträumten Blick in die Vergangenheit. Nie im Leben hätte sie gedacht, dass sich jemand in sie verlieben würde. Aber es war geschehen und nun war ihr Liebster so weit weg. Bis zu dem Zeitpunkt, als der ehemalige Sekretär das Internat verlassen hatte, um eine Stellung in London anzutreten, hatte sie nichts geahnt von seiner Schwärmerei. Dann war der erste Brief gekommen, in dem er ihr seine Liebe gestanden hatte. Sie konnte ihr Glück kaum fassen. Doch sie verfügte über nicht genügend Geldmittel, die sie ihrem Liebsten schicken könnte. All ihren Lohn hatte sie bis zu diesem Zeitpunkt in ihr Hobby, das Sammeln kostbarer Erstauflagen von Büchern, investiert. Was sollte sie tun? Nun sollte sie nach Land's End kommen. Die Fahrt wäre sehr kostspielig. Sie fühlte sich hin- und hergerissen.

Miss Portsmith war eine übermäßig schlanke, fast hager zu nennende Person. Sie stammte aus Wales und lehrte in Crossbill-House Geschichte und Latein. Beides mit eher wenig Enthusiasmus.

Schwatzende Schülerinnen waren ihr ein Gräuel und noch schlimmer waren für sie übermäßig fröhliche Kinder. Strenge, Disziplin und Härte waren die drei Grundsätze, die es durchzusetzen galt. Dieses Verhalten verdankte sie ihrem gestrengen Vater, der einen hohen Posten in der Armee bekleidet hatte.

Mit neuer Energie ging sie zur nächsten Unterrichtsstunde. Latein, das unbeliebteste Fach in der Schule. Sie lächelte boshaft. Heute würde es eine unangekündigte Klausur geben.

Mr Shole durchstreifte die Flure auf der Suche nach der Empfängerin des letzten Briefes in seiner Hand. Im Salon war sie nicht gewesen, auch nicht in der Bibliothek. Nun stand er vor dem Klassenzimmer, in dem die Dame laut Stundenplan, den er stets mit sich führte, im Moment Chemie geben sollte. Er drückte sein Ohr an das kühle Holz der Tür. Wie angenehm das war. Mr Shole schloss die Augen und lehnte sich noch etwas mehr gegen die Tür.

Im Raum dahinter war es still. Jemand riss die Tür auf und Mr Shole hätte fast das Gleichgewicht verloren. Zu seinem Glück griff Miss Morning schnell zu und hielt ihn fest.

«Post ... für Miss ... Morning», kam es stotternd von dem Sekretär.

Er hielt der Lehrerin den Brief hin, drehte sich um und lief schnellstens zurück in sein Büro. Den

Chemieraum hätte er nur sehr ungern betreten. Es roch nach Chemikalien und den Ausdünstungen des Bunsenbrenners, der auf dem großen breiten Lehrertisch vor der Tafel stand. Allein der Gedanke ließ Mr Shole bereits einen Niesanfall bekommen.

Die Lehrerin für Chemie und Biologie lächelte über die seltsamen Angewohnheiten des Sekretärs und schloss die Tür sorgfältig.

Sie war eine hübsche Dame um die dreißig. Ihr blondes Haar fiel in weichen Wellen auf ihre Schultern und sie trug als einzige Lehrerin unter den grauen Kostümen kunterbunte Blusen. Diese Tatsache brachte Miss Portsmith tagtäglich zu unangebracht missbilligenden Aussagen der jungen Frau gegenüber.

Die Lehrerin ging hinüber zu dem großen Tisch und zog den weißen Kittel aus, den sie in der Chemiestunde stets trug und hängte ihn neben der Tafel an einen Kleiderhaken.

Dann drehte sie den Hahn zu, der den Bunsenbrenner mit einer Gasflasche verband. Die Flamme erlosch und sofort hörte die violette Brühe, die über dem Brenner in einem Glaskolben bis eben gebrodelt hatte, auf zu kochen und Blasen zu fabrizieren.

Vor ein paar Minuten hatte sie vorfristig den Unterricht beendet, da sie vorhatte, heute Nachmittag den Bus in das nächste Dorf zu nehmen. Dafür hatte sie den Schülerinnen ein paar mehr Hausaufgaben aufgebrummt. Die jungen Damen waren nicht amüsiert gewesen.

Ungeduldig riss sie den Briefumschlag auf.

Liebste Polly,

wie trostlos ist es hier ohne dich.

Leider reagiert der Markt nach wie vor instabil. Es ist zum Verzweifeln, aber ich kann noch nicht kommen, um meine schöne Polly in den Armen zu halten. Mein Chef hat mir die Lohnerhöhung nicht bewilligt. Was soll man da machen?

Geduld? Wie kann ich geduldig sein, wenn ich dich nicht wiedersehe? Wenn ich doch nur einige Geldmittel hätte, um wenigstens kurz dein liebes Gesicht sehen zu können. Aber das ist uns beiden wohl nicht vergönnt.

Melde dich baldigst bei deinem Liebsten.

Sei umarmt und geküsst.

Sie ließ das eng mit einer filigranen Schrift beschriebene Blatt sinken und dachte nach. Dann traf sie eine Entscheidung.

Die Brauerei Ainsley

In der folgenden Stunde führte der Brauereibesitzer Barrington über das gesamte Gelände der Brauerei. Man konnte sehen, wie stolz Mr Wilbur war.

Er erzählte Barrington von seinem Großvater. Wie der Mann vor Jahrzehnten aus dem Westen Schottlands hierhergekommen war, die alte Mühle gekauft und eine Ciderbrauerei daraus gemacht hatte. Ein Segen. Bedeutete es doch Arbeit für viele Menschen der Umgebung.

Als sie im Herzstück der Brauerei standen, wo der Cider reifte, erklärte Jonathan Wilbur, wie man beeinflussen konnte, ob man am Ende einen trockenen oder einen lieblichen Cider bekam. Barrington hatte den Eindruck, dass es wirklich eine Kunst war, ein gutes Getränk aus seinen Äpfeln zu zaubern. Er freute sich bereits auf das Ergebnis und würde sein nächstes Glas Cider nun anders zu schätzen wissen.

«Jeder Pub hat neben diversen Bieren natürlich auch Cider im Angebot. Viele Pubs, mit denen ich arbeite, haben leider nur einen Zapfhahn dafür übrig. Wie sieht es bei Ihnen aus, Barrington?»

«Ich würde sehr gern zwei Sorten anbieten. Wenn die Äpfel, die ich geliefert habe, es hergeben, wäre es toll, einen lieblichen und einen trockenen Cider zu haben.»

«Guter Junge!» Mr Wilbur klopfte Barrington erfreut auf den Rücken. «Es gibt nicht mehr sehr viele Apfelproduzenten in Schottland. Das ist wirklich schade. Das Klima ist dem Apfelanbau nicht immer wohlgesonnen. Viele wollen sich die Arbeit sparen und kaufen ihre Äpfel im Ausland, im alten Land in Deutschland zum Beispiel. Dort hat der Apfelanbau eine lange Tradition. Wussten Sie, dass der Apfelbaum an sich aus Kasachstan stammt? Das weiß kaum noch jemand. Dort wurden die ersten Apfelbäume kultiviert. Und in diesem Landstrich ist das Klima sicher auch nicht einfach zu händeln, denke ich.»

«Interessant. Woher wissen Sie das?», fragte Barrington.

«In Dunbar wohnt eine alte Freundin, die früher in Oxford Geschichte gelehrt hat. Die gute Anja hat sich mir zuliebe mit der Materie beschäftigt. Sie hat sich richtig reingekniet.»

Nach etwa zwei Stunden, in der auch eine Verkostung von Cider enthalten war, sah Mr Wilbur auf seine Taschenuhr und klatschte dann erfreut in die Hände.

«Pixie!», rief er laut durch den Kellerraum, in dem sie gerade standen. An den Wänden stapelten sich Fässer mit duftendem Inhalt. Hier hatten Barrington und der Brauereibesitzer zusammen mit dem Braumeister verschiedene Apfelweine verkostet.

Hinter einem der großen Fässer kam das Kind hervor.

«Denkst du, ich weiß nicht, dass du dich überall auf dem Gelände rumtreibst? Sag deiner Mutter bitte, wir sind unterwegs und haben Hunger.»

Pixie grinste breit, drehte sich um und lief davon. Man hörte ihre trommelnden Schritte auf der alten Steintreppe nach oben.

«Dieses Kind», sagte Mr Wilbur kopfschüttelnd.

«Nehmen Sie es nicht zu hart ran. Ist ein gutes Kind. Es wird die Brauerei irgendwann ausgezeichnet führen. Manchmal denke ich, es hat mehr Ahnung von einem guten Cider als meine Mitarbeiter. Neulich hörte ich es mit dem jungen Williams diskutieren. Hat ihm tatsächlich erklärt, was er falsch machen würde», sagte der Braumeister, Mr Jones, und lachte schallend.

«Wir werden sehen», sagte Mr Wilbur. «Eine Frau als Ciderproduzentin? Das wäre mal etwas Neues.»

«Würde doch bestimmt nicht schlecht sein. Frauen haben in einigen Dingen mehr Einfühlungsvermögen als Männer. Das kann nur gut für Apfelwein sein», meinte Barrington dazu.

«Gehen wir Tee trinken. Ich glaube, Pixie hat noch Zeit, sich auszudenken, was sie werden will», erwiderte Mr Wilbur. Er war von der Idee nicht überzeugt. Noch nicht.

Es waren nur ein paar Schritte bis zum Wohnhaus der Familie Wilbur. Barrington sah, dass inzwischen Arbeiter die Kisten aus seinem Lieferwagen in das Lager brachten. Er atmete auf. Das lief sehr gut bis jetzt. Die Fahrt hatte sich gelohnt.

Mr Wilbur öffnete die Eingangstür und bat Barrington hinein. Aus der Küche kam Mrs Wilbur.

Sie war eine rundliche Person mit einem gewinnenden Lächeln. Ihr dunkles Haar trug sie zu einem Turm hochgesteckt und ihre hübsche Stupsnase war voller Sommersprossen. Sie war Barrington sofort sympathisch.

«Hallo, Sie müssen Mr Brandon sein.»

«Barrington, Mrs Wilbur.»

«Ich bin Annabel. Wie schön, dass Sie den Weg aus St. Applewood auf sich genommen haben. Was für ein Name für einen Ort, der Cider anbietet. Das sollten Sie auf dem zukünftigen Etikett vermerken. Dann kommen Sie bitte herein. Der Tee ist fertig und es gibt genügend Gebäck. Sie mögen doch Scones und Apfelgelee?»

Barrington nickte ihr dankbar zu. Er hatte wirklich Hunger. Der Weg nach Dunbar hatte sich gezogen. Inzwischen war es später Nachmittag.

Die Zeit verging mit guten Gesprächen. Pixie saß neben Barrington und sah ihn interessiert von der Seite an. Dabei kaute sie an einem dick mit Clotted Creme und Apfelgelee bestrichenen Scone.

«Hast du Kinder, Barrington?», fragte Pixie unvermittelt und bekam ein Kopfschütteln von ihrer Mutter.

«Leider nicht. Ist es für dich nicht langweilig, den ganzen Tag hier in der Brauerei? Oder gehst du schon zur Schule?», wollte Barrington wissen.

48

«Erst im nächsten Jahr, zum Glück. Ohne mich arbeiten die Männer hier nicht gut.»

«Ich glaube nicht, dass ohne dich die Brauerei zusammenfallen wird, Pixie», sagte Mr Wilbur.

«Aber wozu muss ich in die Schule? Alles, was ich brauche, lerne ich doch hier. Mr Jones hat mir schon lesen beigebracht. Ich habe ihm gestern bei den Bestellungen geholfen und vorgelesen, welche Adresse auf die Fässer kommen muss.»

«Ich glaube, ich muss mal mit Mr Jones reden», sagte Jonathan Wilbur und zog die Augenbrauen hoch.

Barrington musste ein lautes Lachen unterdrücken. Was für ein Kind.

Nach etwa einer Stunde am Teetisch erhoben sich Barrington und Mr Wilbur. Sie wollten gemeinsam in das Büro der Brauerei gehen und die Verträge unterschreiben.

Vorher verabschiedete sich Barrington von Pixie und ihrer Mutter.

«Annabel, vielen Dank für die Gastfreundschaft. Wenn ich das nächste Mal komme, wirst du sicher schon die beste Braumeisterin Schottlands sein, Pixie. Ich bin gespannt.»

Pixie grinste. Mr Wilbur verdrehte die Augen.

«Sie sollten sie nicht auch noch ermutigen.»

Die Verträge waren schnell durchgesehen und unterzeichnet. Zum Abschluss reichten sich Barrington und sein Gegenüber die Hände und die Sache war besiegelt.

Barrington sah auf seine Taschenuhr.

«Es ist ganz schön spät geworden. Ich mache

mich besser auf den Weg nach Edinburgh. Ich habe noch ein paar Besorgungen zu erledigen, bevor ich nach St. Applewood zurückfahren kann.»

«Ich bringe Sie zum Wagen. Da kann ich Ihnen noch einen Tipp geben, um den Weg abzukürzen. Fahren Sie nicht nach Dunbar hinein, sondern halten Sie sich von hier aus rechts und fahren an der nächsten Kreuzung wieder rechts. Dann biegen Sie nach etwa zehn Meilen in ein Waldgebiet ab, den Crossbill Forest. Es ist ausgeschildert. Wenn Sie den Wald durchqueren, kommen Sie auf die Hauptstraße nach Edinburgh. Sie sparen mindestens eine Stunde, wenn Sie den Weg nehmen. Die Straße ist recht gut ausgebaut. Eng, wie immer auf Nebenstraßen, aber in gutem Zustand.»

Barrington bedankte sich und sprach eine Einladung nach St. Applewood aus. Mr Wilbur versprach zu kommen und den fertigen Cider mitzubringen. Das würde natürlich noch eine Weile dauern.

«Bleiben wir in Verbindung. Gute Fahrt, Barrington, und bis bald», sagte er und winkte ihm.

Barrington benötigte wiederum einige Anläufe, um den Lieferwagen seines Onkels in Gang zu bringen. Endlich sprang der Motor an und er konnte vom Hof fahren. Wenn auch fahren das falsche Wort war. Der Wagen ruckelte und wackelte. Der Brauereibesitzer sah ihm skeptisch nach.

«Wenn das man gut geht», murmelte er und ging zurück an seine Arbeit.

Barrington fand die Abfahrt sofort und bog dann nach einigen Meilen in die Straße ein, die durch den

Crossbill Forest führte. Es wurde zusehends dunkler. Die Baumriesen neben der Straße warfen breite Schatten und wenn Barrington nicht wüsste, dass es erst neunzehn Uhr war, hätte er gedacht, die Sonne hätte den Platz für den Mond geräumt und es wäre bereits tiefe Nacht.

Nirgends war ein Haus zu sehen. Nur Bäume und noch mehr Bäume. Einmal sah er in einiger Entfernung einen schwachen Lichtschein durch das Dickicht schimmern, aber er war so schnell verschwunden, dass er meinte, sich geirrt zu haben. Der alte Chadwick hätte sicher wieder von Irrlichtern und Elfen erzählt, wenn er hier bei ihm gewesen wäre. Barrington lächelte.

Im nächsten Moment verging ihm das Lächeln. Etwas Großes lief vor ihm über die Straße und kam seinem Wagen sehr nah. Er bremste sofort, der Motor begann zu rattern und stotterte, als habe er Schluckauf. Dann ging er aus. Abgewürgt.

Er hatte nicht erkennen können, was da die Straße überquert hatte. War es ein großes Tier oder ein Mensch gewesen? Er sprang aus dem Wagen und suchte in der Umgebung nach Hinweisen auf einen Verletzten. Hoffentlich hatte er niemandem Schaden zugefügt. Er sah sich den Wagen an, konnte aber keine Blutflecken oder Beulen entdecken. Um ganz sicher zu sein, ging er auch noch neben der Straße in den Wald hinein. Dasselbe tat er auf der anderen Seite. Nichts. Barrington atmete auf. Es wurde immer später. Er musste endlich weiterfahren.

Barrington setzte sich in den Wagen und betätigte den Anlasser. Das einzige Geräusch, das von dem Ding kam, ließ nichts Gutes ahnen.

«Nein, nein, nein, lass mich verdammt noch mal jetzt nicht im Stich!», rief er laut.

Wütend schlug er mit seiner Hand auf das Lenkrad. Dann wurde seine Stimme sanfter. «Ich habe es nicht so gemeint! Bitte spring an!» Der Motor reagierte nicht auf sein Flehen und der Anlasser machte weiterhin seltsame Geräusche. Schließlich gab das Ding nur noch ein leises Klicken von sich. Barrington hatte ihn verärgert.

Verzweifelt legte er seinen Kopf auf das Lenkrad. Dann sah er sich um. Nur dichter Wald ringsum. Barrington stieg aus und öffnete die Motorhaube. Etwas kannte er sich mit Motoren aus, aber eher mit seinem eigenen Land Rover. Dieser Lieferwagen war eine andere Liga.

Er nahm den Werkzeugkasten aus dem Wagen und überprüfte ein paar einfache Dinge. Ölstand, Zündkerzen, Kraftstoffzufuhr. In dieser Dunkelheit war das nicht ganz einfach. Eine Taschenlampe hatte er natürlich auch nicht dabei.

Dann versuchte er, den Wagen erneut zu starten. Der Wagen tat ihm den Gefallen nicht. Fehlanzeige. Barrington vermutete, dass der Anlasser kaputt war. Wo sollte er hier eine Werkstatt auftreiben? Mitten in der Nacht und mitten in einem unbekannten Wald? Es knackte und raschelte ringsum.

Der heisere Ruf eines Fuchses hallte durch das Unterholz. In einiger Entfernung wechselte eine Schar Fasane die Straßenseite und lief aufgeregt mit lautem Klackern davon.

Crossbill Forest

Barrington überlegte. Er stand auf der Straße und sah nach links. Hatte er dort nicht vor ein paar Minuten ein Licht zwischen den Bäumen blinken sehen? Er könnte sich auch geirrt haben. Wenn er jetzt zurückgehen und das Licht nicht mehr zu sehen sein würde, würde er bis zur Brauerei laufen müssen. Das war ein weiter Weg.

Er sah nach rechts und ging ein paar Schritte in diese Richtung.

Undurchdringlicher Wald, auch hinter der nächsten Kurve. Kein Ort oder Haus in Sicht.

Wohin? Er hatte natürlich keine Landkarte mitgenommen. Sein Freund Rick würde den Kopf schütteln über seine Nachlässigkeit. Er nahm sich vor, ihm nichts davon zu erzählen.

Männer brauchen keine Karten und Gebrauchsanweisungen, hätte wahrscheinlich Maureen gesagt und sich über ihn kaputtgelacht.

Barrington ging zum Wagen zurück, zog seine Jacke an, nahm seine Reisetasche aus dem Laderaum, schloss das Auto ab und ging nach links. Vorher hatte er sich notdürftig die schmierigen Hände mit einem Lappen gereinigt.

Der Mond kam hinter den dunklen Wolken hervor. Dadurch konnte er zumindest die Straße vor sich erkennen. Es war spät. Acht Uhr lange vorbei. Er hatte eine ganze Weile am Auto herumgebastelt, ehe er aufgegeben hatte.

Nach etwa einer Meile stand ein unscheinbares Haltestellenschild am Straßenrand. Ein Bus hielt also hier. Aber ein Fahrplan war nicht zu finden. *Wer weiß, vielleicht ist der Busverkehr seit Jahren eingestellt und ich stehe hier in einem Jahr noch als verhungertes Barriskelett und warte auf einen Bus*, dachte Barrington. Das war keine gute Option.

Aber wo eine Haltestelle war, sollte doch auch ein Haus in der Nähe sein. Er sah sich um und tatsächlich gab es neben der Haltestelle eine einspurige Zufahrtsstraße mit zwei niedrigen Säulen links und rechts der schmalen Einfahrt. Das war ihm beim Vorbeifahren nicht aufgefallen. Am Tage hätte er sie sicher entdeckt, aber in dieser Dunkelheit war das schwieriger. Ein schwaches Licht war in einiger Entfernung auszumachen.

Er folgte der Straße und kam an einem Hinweisschild vorbei. In breiten schnörkeligen Lettern stand dort: *Crossbill-House, Mädcheninternat.*

Durch die Bäume sah er Lichter. Die musste er gesehen haben, als er vor einiger Zeit vorbeigefahren war. Nach der nächsten Kurve lag das Haus vor ihm. Er atmete erleichtert auf.

Was für ein Anblick mitten in diesem undurchdringlichen Wald. Vor ihm stand ein wunderschönes rotes Backsteingebäude mit Erkern und einem Turm obenauf.

Barrington ging zu der breiten dunklen Eingangstür, über der sich erneut ein Schild mit dem Namen *Crossbill-House, Mädcheninternat,* befand.

Rechts neben der Tür war eine Klingel angebracht. Er drückte auf den Knopf und hoffte auf Hilfe. Der laute Klingelton hallte anscheinend ungehört durch ein wohl leeres Haus. Barrington hoffte inständig, dass man nicht nur vergessen hatte, das Licht zu löschen, bevor sämtliche Bewohner gegangen waren. Er drückte die Klinke vorsichtig hinunter. Abgeschlossen.

Sein Ohr ganz dicht an das kühle Holz der Tür gelehnt, horchte er, ob sich drinnen etwas tat. Kamen da nicht Schritte näher? Vielleicht spielte ihm sein Gehirn einen Streich und im Haus machten es sich nur ein paar Mäuse gemütlich.

Barrington hörte, wie ein Schlüssel im Schloss herumgedreht wurde. Jemand riss die Tür auf.

Ein Mädchen mit blondem Pferdeschwanz stand vor ihm und lächelte ihn an. Sie trug eine Schuluniform, einen schwarzen Rock, weiße Strümpfe und einen grauen Pullover, darunter ein weißes Hemd und eine rot und grün gemusterte Krawatte.

«Hallo, wo kommen Sie denn her mitten in der Nacht?», rief das Mädchen. «Haben Sie sich verlaufen?»

«Eher verfahren. Mein Wagen ist liegengeblieben und ich wollte fragen ...» Barringtons Rede wurde unterbrochen. Mit weit ausholenden Schritten war eine ältere Dame zur Tür gekommen. Sie war groß und sehr hager. Ihr strenger Blick ließ sogar Barrington erblassen. Er fühlte sich in seine Schulzeit zurückversetzt.

«Madelaine! Natürlich Sie wieder! Was haben wir gesagt über diese Tür, wenn es Abend wird? Die muss immer abgeschlossen bleiben. Woher haben Sie den Schlüssel? Gehen Sie zurück in Ihr Zimmer, lesen Sie die Hausordnung und ich will morgen von Ihnen eine Abhandlung über die Regeln hier im Haus haben, schriftlich, hopp!»

Die Angesprochene knickste.

«Der Schlüssel hat gesteckt. Ich wollte dem Herrn nur behilflich sein, Miss Pu... Miss Portsmith.» Sie knickste erneut und sah Barrington mit verschmitztem Gesichtsausdruck an. Dann lief sie schnell davon. Nur fort von dieser Lehrerin.

«Wir rennen nicht auf den Treppen und Fluren!», brüllte Miss Portsmith dem jungen Mädchen hinterher. Madelaine verlangsamte ihre Schritte und ging nun betont langsam, die Arme weit von sich gestreckt, jeden Schritt extra zelebrierend, die breite Haupttreppe hinauf.

Barrington musste sich ein Lachen verkneifen. Genauso hätte er das auch gemacht.

Miss Portsmith ballte die Hände zu Fäusten und wurde zornesrot.

Dann wandte sie sich dem Herrn an der Tür zu.

Barrington versuchte, ernst dreinzublicken.

«Was kann ich für Sie tun?»

«Mein Auto hat wahrscheinlich einen kaputten Anlasser. Es steht etwas weiter weg auf der Hauptstraße. Ich frage mich, ob Sie mir erlauben, zu telefonieren. Mein Name ist Brandon.»

Die Lehrerin sah ihn von oben bis unten abschätzend an. Ihr Urteil fiel wohl nicht besonders gut aus.

«Wir nehmen keine Wegelagerer auf. Da kann ja jeder kommen und um Hilfe bitten. Weisen Sie sich erst einmal aus.»

Barrington griff in seine Jackentasche und zog die Geldbörse heraus. Er nahm den Ausweis und hob ihn in die Höhe. Die Dame kam dem Dokument ganz nahe, als wäre sie kurzsichtig.

Über die Treppe näherten sich Schritte. Eine weitere Dame erschien kurz darauf an der Tür.

«Danke, Miss Portsmith, ich übernehme das. Sie können gehen», sagte die Dame und sah die Lehrerin mit strafendem Blick an.

«Wie Sie wünschen, Miss Graham. Ich wollte nur helfen. Madelaine hat sich hier unten wieder einmal herumgetrieben. Sie behauptete, der Schlüssel hätte gesteckt.»

«Das ist korrekt. Ich war vor einer halben Stunde vor dem Haus und hatte den Schlüssel im Schloss vergessen. Madelaine hat die Wahrheit gesagt.»

«Dann braucht das Mädchen keine Abhandlung über die Hausregeln zu schreiben, oder?», fragte Barrington. Es war ihm rausgerutscht.

Miss Portsmith verzog das Gesicht zu einer Grimasse. Ihre Lippen wurden ganz dünn und sie sah verbissen drein. Dann nickte sie und ging davon.

Miss Graham sah ihr nach und verdrehte dann die Augen.

«Bitte entschuldigen Sie. Diese Lehrerin nimmt

es immer sehr genau. Ich bin Miss Graham, die Rektorin der Schule. Was kann ich für Sie tun? Ich hörte auf meinem Weg zur Tür, dass Sie eine Havarie hatten. Bitte kommen Sie herein. Es ist doch bereits ziemlich frisch draußen. Und stecken Sie den Ausweis ein.» Sie stöhnte leise.

Hinter einer der breiten Säulen in der Empfangshalle kicherte jemand.

«Meine Damen! Zeit für Ihre Studien. Auf Ihre Zimmer!», rief Miss Graham. «Ach, und Madelaine. Danken Sie dem Herrn hier. Sie können die Strafarbeit für Miss Portsmith vergessen.»

Drei junge Mädchen, alle in den gleichen Schuluniformen, kamen hinter einer Säule hervor und liefen, nach einem kurzen Blick auf Barrington, kichernd und diskutierend davon. Die kleine Madelaine war dabei. Sie hatte ihren beiden besten Freundinnen von dem Mann erzählt, der vor der Tür stand und gar nicht schlecht aussah.

«Die Pussy hat mich erwischt», hatte sie gesagt.

Natürlich hatten ihre Freundinnen, Brit und Carrie, den Mann begutachten wollen. Endlich passierte mal etwas in dieser langweiligen Schule. Also hatten sich die drei über die hintere Treppe und an der Küche vorbei wieder zur Empfangshalle zurückgeschlichen. Das Haus war wie ein Labyrinth, aber die Mädchen kannten sich aus.

«Diese Mädchen. Man muss ständig ein Auge auf sie haben. Nun, wir waren auch einmal so wunderbar jung und unbedarft. Deshalb sind diese Kinder hier. Sie bekommen von uns eine weitreichende Ausbildung und den Schliff, den sie in ihrem kommenden Leben benötigen werden. Wie war Ihr Name?»

«Brandon, Miss Graham. Ich bin Ihnen sehr dankbar. Ich müsste mit einer Werkstatt telefonieren und danach ein Taxi rufen, das mich zum nächsten Ort bringt. Sicher gibt es doch dort einen Pub, in dem ich übernachten kann.»

«Da muss ich Sie enttäuschen», sagte die Rektorin, während sie voran über die Treppe nach oben in Richtung ihres Büros ging. «Der nächste Ort ist Wolton. Es gibt dort nur eine Kirche, eine kleine Poststation, einen Landwarenladen und eine Bushaltestelle. Keine hundert Seelen wohnen in dem Ort. Aber ich kenne dort einen Herrn, der Autos zu reparieren weiß. Er ist eigentlich auf Motorräder spezialisiert. Aber vielleicht kann er helfen. Wir wollen ihn anrufen. Kommen Sie bitte mit in mein Büro.»

Miss Graham öffnete für Barrington eine der Türen in der ersten Etage und winkte ihn herein. Sie ging zu ihrem Schreibtisch, blätterte dort in einem Telefonverzeichnis und nahm dann den Hörer vom Apparat ab. Sie wählte eine Nummer. Die Vermittlung meldete sich.

«Bitte verbinden Sie mich mit Wolton 3578.» Man hörte ein deutliches Knacken in der Leitung. Dann meldete sich jemand am anderen Ende.

«Mark, hallo. Entschuldigen Sie die späte Störung. Ich habe hier einen Herrn mit Motorproblemen.» Der Mann am anderen Ende der Leitung lachte laut. Barrington konnte es deutlich hören.

«Ja, natürlich haben Sie recht. Er hat keinen

defekten Motor, sondern sein Wagen. Er steht auf der Hauptstraße. Am besten gebe ich Ihnen den Herrn an den Apparat.» Miss Graham reichte Barrington den Hörer.

Er stellte sich vor und erklärte das Problem.

«Hm», kam vom anderen Ende mit tiefer rauchiger Stimme. «Sehr schwierig. Wenn es wirklich der Anlasser ist, muss ich ein Teil in Edinburgh besorgen. Für diesen Typ Lieferwagen habe ich nichts vorrätig. Aber dann kann ich den Wagen abschleppen und in meiner Werkstatt reparieren, wenn Sie wollen.»

Barrington hatte keine Wahl.

«Da wäre ich Ihnen sehr dankbar. Wie viel würde mich das kosten, wenn ich fragen darf?»

Ein langgezogenes «Hm» kam erneut aus dem Hörer. «Ich muss es aus Edinburgh besorgen. Fünfzig Pfund mit Reparatur.»

Barrington verstummte. Das war bitter.

«Ich weiß nicht, ob ich so viel dabeihabe, Sir.» Barrington nahm mit der linken Hand seine Brieftasche aus der Jackentasche und sah hinein. Für die Reparatur würde es genügen, dann könnte er aber nirgends übernachten und die Einkäufe in Edinburgh musste er auch vergessen. Raelyn McNeedle würde ihm die Hölle heiß machen. Sie hatte ihn gebeten, ihr eine bestimmte Wolle aus der Stadt mitzubringen. Das war zum größten Teil ihr Geld, das er nun für die Reparatur dieses verflixten Wagens mit ausgeben musste.

«Bin kein Sir. Kannst Mark sagen, mein Freund. Ich heiße Mark Young. Wir bekommen den Wagen schon wieder in Ordnung. Zur Not frage ich meinen Bruder, der kennt sich mit Lieferwagen aus.»

«Ich habe genug Geld dabei. Leg los. Wollen wir uns am Wagen treffen?»

«Heute nicht mehr. Ich fahre gleich nach Edinburgh in meinen Club, einen neuen Whisky testen. Tut mir leid. Ich werde morgen sehen, was ich für dich tun kann. Gegen zehn Uhr schleppe ich den Wagen dann ab. Geht nicht früher, *buddy.*»

Barrington überdachte seine Optionen. Also eine Nacht im Auto schlafen. Und was dann?

Miss Graham hatte die Diskussion verfolgt. Sie tippte Barrington auf die Schulter.

«Sie können bei uns übernachten. Wir haben genügend Zimmer zur Verfügung. Keine Sorge.» Barrington lächelte erleichtert. Er wandte sich erneut an den Mann am Telefon.

«Gut, Mark, ich bin einverstanden. Ich darf in dem Internat übernachten. Das Auto steht auf der Hauptstraße in der Nähe der Einfahrt zur Schule. Wir sehen uns morgen am Wagen. Viel Vergnügen in Edinburgh. Ich war heute in der Nähe von Dunbar in der Ciderbrauerei Ainsley. Mr Wilbur kann für mich bürgen, wenn du magst.»

«Kenne den alten Wilbur. Netter Kerl. Nebenbei fahre ich Taxi und habe schon so einige Gäste für ihn gefahren, die dem Cider zu sehr zugesprochen hatten. Diese Referenz genügt mir. Bis bald, *buddy*, und Kopf hoch.» Mr Young lachte ausgiebig und legte den Hörer auf. Barrington tat es ihm nach.

«Das ist sehr nett, Miss Graham. Ich bin Ihnen sehr zu Dank verpflichtet. Vielleicht kann ich irgendetwas in diesen zwei Tagen für die Schule tun. Dem Gärtner helfen oder in der Küche. Ich besitze in St. Applewood einen Pub, müssen Sie wissen. Darum war ich in der Ciderbrauerei.»

Miss Graham lächelte.

«Da wird sich schon etwas finden lassen. Es ist eine sehr ruhige Schule. Ich werde Ihnen jetzt Ihr Zimmer zeigen und dann in die Küche gehen. Sie haben doch sicher Hunger.»

Barrington bekam ein Zimmer im linken Flügel im Erdgeschoss des Hauses, in dem sich die Unterkünfte des Personals befanden. Außerdem gab es dort die Küche, ein paar Lagerräume für Schulmaterial, einen Kartenraum und einen Raum für Sportgeräte. Über der Küche war der Speisesaal der Schülerinnen.

Die Zimmer der Lehrerinnen befanden sich in der ersten Etage. Dort waren auch ein paar Zimmer von Schülerinnen, die Bibliothek, das Büro, die Wohnung der Rektorin sowie die Lehrräume untergebracht. In der zweiten, dritten und vierten Etage befanden sich nur Schlafräume und Badezimmer für Schülerinnen und Lehrerinnen. Das verbindende Element war eine große, sich windende Treppe, die sich bis in die dritte Etage hinaufzog, wo sich auch der Speicher befand.

Miss Graham schloss die Tür zu einem Zimmer auf und bat Barrington herein. Er stellte seine Tasche auf dem Boden ab.

Die Rektorin ging zu einem Schrank, der an der rechten Wand stand, öffnete ihn und holte Decken und Bettbezüge daraus hervor. Sie legte alles auf das

Bett an der Wand gegenüber.

«Wenn Sie sich frisch machen wollen, gibt es einen Waschraum für das männliche Personal gleich zwei Türen weiter. Ich gehe in die Küche voraus. Neben dem Waschraum, rechts dem Flur folgen. Dort kommen Sie zur Küche. Ich werde Ihnen Tee machen. Sie sehen ganz verfroren aus.» Sie nickte ihm zu und verließ den Raum.

Barrington nahm aus seiner Tasche das Waschzeug und ein Handtuch und ging zum Bad. Als er dort in den Spiegel über dem Waschbecken sah, verstand er, warum die andere Lehrerin ihn als Wegelagerer bezeichnet hatte. Sein Gesicht war voll mit schwarzen Ölflecken. Es dauerte eine Weile, bis er wieder vorzeigbar war.

Das ist wirklich eine ganz andere Art Schule, dachte er. Alles war sauber und organisiert. Er erinnerte sich gut an die Gerüche in seiner alten Schule. Gebohnerte Holzböden, überall Kreidestaub, in Alkohol eingelegte Exponate, vor denen sich alle gefürchtet hatten, alte Karten, die man an einem Ständer ausrollen musste, vor allem das Aroma der Turnhalle, verschwitzte Schüler und muffige Geräte.

Nachdem er sich gewaschen und ein frisches Hemd angezogen hatte, fühlte er sich besser und ausgesöhnt mit der Situation. Morgen sollte er in St. Applewood anrufen und Bescheid geben, dass er später zurückkommen würde. Sicher konnte Rick noch ein paar Tage im Pub bei Farlan bleiben.

Sein Magen knurrte zum wiederholten Mal. Miss Graham hatte ihm den Weg gut beschrieben. Barrington stand nach ein paar Minuten in der warmen

63

Küche, einem hohen Raum mit einem überdimensionalen Kamin an der hinteren Wand. So groß war noch nicht einmal die Küche auf Woodland Manor. Die Mitte des Raumes wurde von einem langen Holztisch beherrscht, auf dem Miss Graham einen Teller mit belegten Broten abgestellt hatte. Sie goss goldgelben Tee in zwei bereitstehende Becher. An den Wänden reihten sich Geschirrschränke und Regale. Neben dem gusseisernen Herd, einem wahren Ungetüm aus alter Zeit, stand ein moderner Gasherd. An der Wand hingen blankgescheuerte Pfannen und Töpfe an Haken.

«Nehmen Sie Platz. Sie haben sicher Hunger. Ich hoffe, die Brote genügen Ihnen. Unsere Köchin ist bereits zur Ruhe gegangen. Ich wollte sie nicht wecken. Der Tag ist lang genug für sie. Sicher können Sie sich vorstellen, wie viele hungrige Mäuler gestopft werden wollen in dieser Schule. Unsere liebe Köchin ist auch zugleich Hausmutter für die kleinen und großen Wehwehchen unserer Mädchen. Und dann haben wir im Moment noch einen Mitternachtsesser. Irgendjemand schleicht sich in die Küche und macht sich über das Essen her. Die Köchin verlangte, dass ich herausfinde, wer hier nachts schlemmen würde. Diese Naschkatze scheint es besonders auf die leckeren Puddingkreationen abgesehen zu haben.» Sie lächelte und setzte sich mit ihrem Teebecher an den Tisch. Barrington griff beherzt zu.

«Sie haben also einen Pub? Das ist interessant. Wie lange führen Sie ihn schon?»

«Erst seit etwas mehr als einem Jahr.»

Die beiden tranken eine Weile schweigend ihren Tee weiter.

«Darf ich noch eine Bitte äußern?», fragte Barrington, nachdem er aufgegessen hatte.

Miss Graham nickte ihm aufmunternd zu.

«Könnte ich morgen in meinem Heimatort anrufen und meinem Vertreter im Pub sagen, dass es etwas länger dauern wird?»

«Natürlich. Kommen Sie morgen in mein Büro in der ersten Etage. Wenn ich nicht da bin, finden Sie meinen Sekretär, Mr Shole, dort. Er hilft Ihnen. Konnten Sie sich den Weg merken?»

Barrington nickte lächelnd.

«Ein wahres Labyrinth, unsere Schule. Aber irgendwie kommt man immer wieder zu der großen Marmortreppe zurück», sagte Miss Graham.

Barrington stand auf, nahm Teller und Tasse, auch die leere Tasse der Rektorin, und ging zu der großen Spüle. Er wusch mit geübten Händen ab und trocknete das Geschirr anschließend mit einem Leinentuch.

«Man merkt, dass Sie gewohnt sind, derlei Handgriffe zu machen», sagte Miss Graham. «Gute Nacht, Mr Brandon. Ich hoffe, Sie schlafen recht gut. Es ist hier sehr ruhig. Was meine Schülerinnen sehr bedauern. Aber mitten im Wald, was sollte da schon passieren? Wie gesagt, haben wir hier höchstens Probleme mit Mitternachtsschlemmern.» Sie nickte ihm zu und verließ die Küche.

Barrington machte sich auf den Weg in sein Zimmer und war glücklich, dass sich alles gefügt hatte. So formulierte es sein bester Freund Richard

Prescott oft, wenn etwas gut gelaufen war.

Im Zimmer angekommen, sah er noch kurz aus dem Fenster auf den Vorplatz. Es war wirklich sehr still hier. Er gähnte ausgiebig, zog sich seinen Schlafanzug an, bezog sein Bett, legte sich hin und schlief sofort ein.

Den dunklen Schatten, der sich über den Rasen langsam auf das Haus zubewegte, bemerkte er nicht mehr.

Ein Schrei in der Nacht

Barrington träumte.

Er lief durch einen dichten Wald. Eine dunkle Gestalt verfolgte ihn. Bedrohlich und schnell näherkommend. Er sah sich ständig nach ihr um und stolperte über knorrige Wurzeln am Boden. Am Ende fiel er und landete auf dem Rücken, den Blick zum wolkenumtosten Himmel gerichtet. Scharen von Raben flogen über ihn hinweg, krächzend, er konnte das Schlagen ihrer blauschwarzen Flügel hören. Er versuchte, sich aufzurappeln. In der Ferne sah er Lichter auf sich zukommen und dann hörte er einen durchdringenden Schrei, der ihn aus dem Bett warf. Barrington lag am Boden des Zimmers im Mädcheninternat von Crossbill-House.

Hatte er geträumt oder war da wirklich ein Schrei gewesen? Barrington stand vom Boden auf. Er fröstelte.

In der Nähe seines Zimmers wurde eine Tür aufgerissen und jemand rannte über den Flur an seiner Zimmertür vorbei. Das könnte die Köchin sein, die hier ebenfalls ihre Zimmer hatte. Miss Graham hatte es am Abend erwähnt.

Er hatte sich also nicht getäuscht. Jemand hatte geschrien. Schnell zog er seine Jacke an, riss die Tür auf und rannte zur Eingangshalle. In diese Richtung war die Köchin gelaufen. Wenn sie es denn gewesen war.

Barrington erreichte nach kurzer Zeit die Halle. Das Bild, das sich ihm dort bot, passte in einen Kriminalroman, aber nicht in seine Vorstellung von einer renommierten Mädchenschule.

Auf dem Boden unterhalb der Treppe lag ein Mann, seine Beine und Arme sahen seltsam verdreht aus. Unter seinem Körper kam ein roter See hervor, der auf dem hellen, sauberen Marmor der Halle fehl am Platze wirkte. Sein Gesicht hätte man als schön beschreiben können, wenn nicht die Augen weit aufgerissen, der Mund verzerrt wäre und die Haut jene Leichenblässe aufgewiesen hätte, die Tote nun einmal haben.

In einiger Entfernung stand eine Gruppe Mädchen in langen weißen Nachthemden. Sie umarmten einander und zitterten am ganzen Leib. Barrington erkannte Madelaine. Dieses Mädchen war wohl in der Nacht ständig auf Tour durch das Haus. Er bekam diesen Eindruck.

Neben den Mädchen stand Miss Graham, ihre Arme schützend um die Mädchen haltend. Als würde sie versuchen, den ganzen Schmutz der Welt von ihren Schützlingen fernhalten zu wollen. Auch sie war in Nachthemd und Morgenrock. Sie sah auf den Körper am Boden und dann zu Barrington. Ihre

68

Augenlider zitterten. Sie war fast ebenso blass wie der Mann am Boden der Empfangshalle.

Eine ältere Dame stand über den Körper am Boden gebeugt. Barrington vermutete, dass es sich um die Köchin handelte. Sie trug ebenfalls ein langes weißes Nachthemd, eine Nachthaube mit Spitzenbesatz auf dem weißen Haar und an den Füßen dicke, robuste Filzpantoffeln.

«Aye! Der ist mal tot, toter geht's nicht!», rief sie der Rektorin zu. Die Mädchen schluchzten laut auf.

Miss Graham sah die Dame zornig an.

«Etwas sensibler, Mrs Williams. Ich muss doch sehr bitten», sagte sie leise. Als ob die Mädchen es nicht hören sollten. Was natürlich nicht möglich war.

Barrington hockte sich neben den Körper des Mannes am Boden. Er war etwa vierzig, hatte dunkles lockiges Haar, nun verklebt von seinem Blut. Das Gesicht war durchaus schön zu nennen, wäre es nicht im Todeskampf verzerrt. Sein Anzug sah elegant aus. In einiger Entfernung lag ein Hut, der ihm vom Kopf gefallen war. Barrington stand auf und sah nach oben. Die Treppe, die das gesamte Haus durchzog, ging hoch hinauf.

Er vermutete, dass der Herr heruntergefallen war. Aus großer Höhe. Vielleicht aus der dritten Etage. Oder war er gestoßen worden?

Über die Treppe kam von oben eine Dame in die Halle gelaufen.

«Miss Graham, was ist denn passiert?» Sie trug ihr Haar versteckt unter einer Haube. Ihr Morgenrock war bis oben geschlossen und sie hielt ihre rechte Hand schützend vor ihren Hals. Barrington kannte sie noch nicht. Da er spät am Abend die Schule erreicht hatte, waren ihm nur die Rektorin und diese Miss Portsmith, der Besen, vorgestellt worden.

«Ach, Miss Green. Es ist furchtbar», raunte die Rektorin ihr zu. Inzwischen waren noch mehr Lehrerinnen erschienen. Sie blieben oben an der Treppe stehen und hielten ankommende Schülerinnen davon ab, hinunterzulaufen. Die Mädchen verrenkten sich fast die Hälse, um etwas sehen zu können.

Eine andere Dame schrie laut auf. Die Lehrerinnen oben an dem Treppengeländer schreckten zusammen. Ausgerechnet Miss Portsmith, der Besen, wie sie Barrington inzwischen getauft hatte, begann hemmungslos zu weinen. Sie schob sich an den Damen vorbei und kam heulend die Treppe herabgerannt.

«Das ist mein George!», schrie sie vollkommen erschüttert und warf sich über den Leichnam.

Das ist interessant, dachte Barrington, *das hätte ich dieser Frau nicht zugetraut. War der Mann am Boden also ihr Sohn oder sogar ihr Liebhaber?*

Er sah auf das ältliche Gesicht der Lehrerin und auf das schöne Gesicht des Toten am Boden, der sicher über zwanzig Jahre jünger war als die Dame.

Da stimmt etwas ganz und gar nicht, dachte er.

Auf dem Treppenabsatz der ersten Etage, wo der Rest des Lehrpersonals stand, spielte sich eine andere Tragödie ab. Eine der Lehrerinnen war in Ohnmacht gefallen.

«Oh Gott! Miss McGray! Das auch noch. Bitte, Mrs Williams, kümmern Sie sich um Miss McGray», meinte die Rektorin. Sie war mit der Situation überfordert, fing sich aber schnell wieder. «Und nehmen Sie die drei Mädchen mit nach oben. Sie sollen auf ihre Zimmer gehen und sich ausruhen. Bitte helfen Sie ihr, Miss Green.»

Die Köchin breitete ihre Arme wie zwei Flügel einer Schwanenmutter aus und trieb die drei Mädchen über die Treppe nach oben. Madelaine blickte sich immer wieder einmal um und ihr Blick traf Barringtons Augen. Er nickte dem Mädchen aufmunternd zu. Dann verschwanden die Kinder im Flur der zweiten Etage, während sich die Köchin um Miss McGray bemühte.

Barrington ging zu der Rektorin hinüber.

«Sagten Sie nicht, es ist eine sehr ruhige Schule? Nun, ich rate Ihnen, niemanden an den Leichnam heranzulassen, bis die Polizei hier ist, die Sie sofort rufen sollten. Es könnte sich um einen Unfall handeln, aber da bin ich nicht sicher. Wir müssen den möglichen Tatort absperren.» Da hatte er einen interessanten Satz gesagt. Den möglichen Tatort absperren. Hatte er durch seine letzten Untersuchungen der Morde in seinem Heimatort etwa schon die Ausdrucksweise eines Inspectors angenommen?

Miss Graham sah Barrington erschrocken an.

«Tatort? Sie meinen, es könnte vielleicht Mord gewesen sein? Das darf doch nicht wahr sein. Und was hatte dieser Kerl hier überhaupt zu suchen?»

«Kennen Sie den Mann?»

Sie nickte traurig. Ihr Blick fiel auf die Schar der

Lehrerinnen auf dem Treppenabsatz, die sich um ihre ohnmächtige Kollegin bemühten.

«Das ist unser ehemaliger Sekretär George Edwards. Er war bis vor einem halben Jahr hier beschäftigt. Ich kann nicht verstehen, was er im Haus zu suchen hatte. Wie ist er hierhergekommen? Und vor allem mitten in der Nacht. Was hat er in unserer Schule gesucht?»

«Die Frage ist, denke ich, falsch formuliert.»

«Wie meinen Sie das?»

«Ich würde eher fragen, wen hat er hier gesucht und wer hat ihn hereingelassen, oder hatte er etwa noch einen Schlüssel?», fragte Barrington mit vielsagendem Blick auf die Lehrerinnen am Geländer der ersten Etage, die sich leise unterhielten und nervöse Blicke zu dem Toten unter ihnen warfen.

«Sie meinen ... aber wieso? Sicher, George Edwards war sehr beliebt hier in der Schule. Aber ich habe niemals bemerkt, dass irgendjemand mit ihm näher befreundet gewesen wäre.» Miss Graham war verwirrt.

«Bei einem Menschen war er wohl doch nicht so beliebt gewesen», sagte Barrington. *Eine Rektorin bekommt nicht immer alles mit, was unter dem Dach ihrer Schule passiert*, dachte er noch.

«Wo ist eigentlich mein Sekretär, wenn man ihn braucht?»

Barrington hatte das Gefühl, dass sie nicht weiter über Mr Edwards reden wollte. War etwas vorgefallen? Warum war er damals gegangen? Er war bereits erneut im Ermittlungsfieber. Gut, dass Rick und Maureen ihn nicht sehen konnten.

72

Mr Shole, der vermisste Sekretär, lag selig schlafend in seinem Bett, hatte seine wohlig warme Schlafmaske über den Augen, Wattekugeln in den Ohren und bekam von dem ganzen Trubel nichts mit. Das würde ihn am Morgen nicht sonderlich stören. Im Gegenteil war er überaus zufrieden mit der Situation. Robert Shole war ein Mann, der sich gern aus allem heraushielt, was seiner Person in irgendeiner Weise schaden könnte. Hatte er doch schon mit seinen Allergien und Befindlichkeiten genug zu tun.

Also rief Miss Graham selbst bei der Polizei in Dunbar an und bat in der Zwischenzeit Barrington, einen Blick auf die Leiche zu haben. Bevor sie ihr Büro betrat, um anzurufen, scheuchte sie die letzten Schülerinnen zurück in ihre Zimmer.

Die Mädchen maulten lautstark. Endlich war mal etwas passiert. Aber sie wussten alle genau, dass Madelaine und ihre Clique sie in den nächsten Tagen auf dem Laufenden halten würden. Dem ein oder anderen Mädchen lief ein wohliger Schauer über den Rücken bei dem Gedanken, dass in ihrer Schule ein Toter lag.

Viele von ihnen konnten sich an den smarten ehemaligen Sekretär Edwards erinnern. Er hatte gut ausgesehen, war redegewandt und immer für einen Spaß zu haben gewesen.

Als er vor einem halben Jahr die Einrichtung verlassen hatte, waren nicht nur einem Mädchen Tränen aus den Augen gelaufen.

In der Zwischenzeit kontrollierte Barrington die Eingangstür zur Halle. Sie war offen. Er hatte genau beobachtet, dass Miss Graham diese Tür am Abend nach ihm abgeschlossen und den Schlüssel eingesteckt hatte. Er sah sich das Schloss von außen an, es gab keinerlei Einbruchsspuren. Entweder hatte der Mann einen Nachschlüssel gehabt oder jemand hatte ihn in der Nacht hereingelassen.

Nach etwa zwei Stunden wimmelte es im Haus von Beamten und Spurensicherung. Als die Polizei eingetroffen war, hatte sich Barrington in sein Zimmer zurückgezogen und endlich anziehen können. An Schlaf war heute Nacht auf keinen Fall mehr zu denken und die Empfangshalle war eiskalt gewesen, gut für den Zustand des Toten, aber schlecht für die Lebenden. Es kratzte bereits in Barringtons Hals. Ein untrügliches Zeichen.

Er brauchte dringend einen *Hot Toddy*, Whisky, heißes Wasser, Honig, frischer Zitronensaft, Zimt und Nelken. Dieses Traditionsgetränk half garantiert bei jeder Erkältung. Vor allem schlief man nach dem Genuss wie ein Baby.

Jemand klopfte an seine Zimmertür. Barrington öffnete sie. Ein Polizist in Uniform stand davor.

«Sir, Detektiv Inspector Peters möchte Sie sprechen.» Der junge Polizist salutierte. Barrington nickte ihm zu und folgte ihm dann zurück in die kalte Halle. Überall hing Absperrband. Ein Mann in weißem Kittel beugte sich über den Leichnam. Das war sicher der Rechtsmediziner, folgerte Barrington. Neben dem Mann im Kittel stand ein Männlein. Ein anderes Wort fiel ihm im Moment nicht ein.

Der Mann war wirklich sehr klein, trug eine

graue Hose, einen grünen Pullover über einem weißen Hemd und einen braunen Trenchcoat. In der linken Hand hielt er einen dunkelgrünen Hut. Sein schwarzes Haar wirkte sehr gepflegt, fast schon gestriegelt glatt, und kein noch so kleines Haar würde es wagen, aus der sorgsam gestalteten Frisur auszubrechen. Ab und an strich die rechte Hand über das Haar, nur ganz leicht, um keine Unordnung zu erzeugen.

Barrington hatte alle Merkmale des Mannes sofort registriert, wichtig oder unwichtig. So funktionierten seine grauen Zellen. Manchmal war es ein Fluch, alle winzigen Kleinigkeiten sofort zu bemerken. Andererseits hatte ihm das in der Vergangenheit bei der Aufklärung der Morde in St. Applewood gute Dienste geleistet.

Der Herr drehte sich zu Barrington um und kam ihm lächelnd entgegen. Er reichte ihm die Hand.

«Detektiv Inspector Peters. Ihr Name ist Brandon, nicht wahr? Schön, schön. Sehen Sie den Herrn neben der Rektorin?» Barrington nickte brav.

«Das ist Sergeant Peevish. Er ist zuständig für den Bereich Lothian. Kommt aus Dunbar. Ich war grad in der Gegend und wurde dazu gerufen. Gefiel dem guten Peevish nicht. Ist ein mürrischer Kerl. Der Name passt zu ihm.» Inspector Peters kicherte leise. Dann räusperte er sich laut.

«Wir wollen doch nicht vergessen, warum wir hier sind. Sie haben den Toten bewacht, hörte ich von Miss Graham. Dass hier alle mit Miss angeredet werden wollen, finde ich schon etwas seltsam. Sie nicht?» Er beugte sich verschwörerisch zu Barrington hinüber. «Nun gut. Sie kamen zufällig gestern am späten Abend hier in die Schule. Wie ging es weiter?»

Barrington erzählte ihm von seinem Missgeschick mit dem Wagen. Der Inspector unterbrach ihn erneut.

«Diese alten Dinger! Immer haben sie etwas. Hab zu Hause in Edinburgh auch so ein Ding.» Der Inspector räusperte sich. Ihm war eingefallen, dass er ein Verhör führte und nicht über sich reden sollte. Er wedelte mit der Hand und Barrington fuhr fort.

Dann kam er zu der letzten Nacht und erzählte von dem Schrei und dem Auffinden des Toten, den zunächst niemand gekannt hatte, der dann aber als ehemaliger Sekretär identifiziert worden war.

«Der Tote wurde also eindeutig identifiziert. Papiere hatte er nicht dabei, kein Geld und keine Brieftasche. Sehr seltsam. Ein Auto stand auch nicht in der Nähe. Der Park wird gerade durchsucht. Er muss mit Bus oder Taxi gekommen sein. Ohne Geld? Also weiter. Sie wissen eine ganze Menge, Mr Brandon. Welchen Beruf üben Sie aus?»

«Ich habe einen Pub in St. Applewood und war in der Nähe von Dunbar in der Ainsley Ciderbrauerei.»

«Sie haben einen Pub? Sehr interessant. Waren Sie früher nicht vielleicht bei der Polizei? So ausgefeilte Aussagen bekomme ich eher selten von Zeugen. Hatte einmal eine Zeugin, die mir weismachen wollte, dass ihr Kater schuld am Tod ihres Mannes gewesen war ... nun gut, weiter, Mr Brandon.»

Barrington würde lieber nicht erklären, warum er so viel über Polizeiarbeit wusste. Die Sache mit dem mordenden Kater hätte er andererseits gern gehört. Vielleicht bekam man später die Gelegenheit, darüber zu reden.

«Ich hatte den Eindruck, dass eine der Lehrerinnen mehr als bekannt mit dem Toten gewesen war. Miss Portsmith warf sich erschüttert über die Leiche und ihre genauen Worte waren, das ist mein George.»

«Welche ist Miss Portsmith? Was lehrt sie hier?»

Inzwischen stand Sergeant Peevish neben ihm und hatte den letzten Satz gehört. Er zückte seinen Notizblock und blätterte darin.

«Das ist die alte ... äh ... das ist die ältere Dame, die Geschichte lehrt», sagte er. «Nicht sehr beliebt, wie mir scheint. Ich habe mit einer der Schülerinnen geredet, die sich aus ihrem Zimmer schleichen wollte. Habe sie auf dem Absatz der zweiten Etage erwischt und zurückgeschickt.»

«Potverdorie! Diese armen kleinen Mädchen. Die Schülerinnen, die Mr Edwards gefunden haben, verhören wir als Nächstes», sagte der Inspector und schüttelte bedauernd den Kopf.

«Potver ... was meinten Sie, Sir?», fragte Barrington. Er hatte dieses Wort noch niemals gehört.

Der Inspector lächelte.

«Das ist flämisch, junger Mann. Meine Eltern kommen aus Belgien. Das Wort bedeutet so in etwa verdammt. Ich war ein winziges Baby, als wir vor langer Zeit nach Schottland ausgewandert sind. Danke, Mr Brandon. Das war erst einmal alles. Ich muss später noch mit Ihnen reden und es versteht sich von selbst, dass Sie hier vor Ort bleiben müssen, bis die Angelegenheit geklärt ist. Oder wollen Sie ein Geständnis ablegen?» Inspector Peters lachte schallend. Sein Partner, der Sergeant, sah ihn entgeistert an. Dann begutachtete er Barrington und notierte sich etwas.

Barrington war plötzlich unwohl. Ob das an der durchwachten Nacht, am fehlenden Frühstück oder an dem stechenden Blick des Mannes lag, wusste er nicht zu sagen.

Der Inspector lachte weiter und entfernte sich mit seinem Sergeant. Barrington atmete auf.

Nun sollte er dringend in St. Applewood anrufen. Er wurde noch nicht zurückerwartet, aber er musste Rick bitten, länger im Pub bei Farlan zu bleiben.

Es war sieben Uhr am frühen Morgen. Barrington klopfte an der Tür zum Büro der Rektorin. Nachdem jemand Herein gerufen hatte, öffnete er die Tür und trat ein.

Das war also der vermisste Sekretär Robert Shole. Der Mann hielt sich ein Taschentuch an die gerötete Nase. Seine Augen sahen feucht aus und Barrington vermutete im ersten Moment, dass hier noch jemand über den toten Edwards erschüttert war.

«Ach dieser Schnupfen», sagte der Sekretär leise und schnäuzte lautstark in sein Taschentuch. Dann griff er zu einer kleinen Ampulle, die neben bräunlichen Flaschen und Tablettenröhrchen auf dem Schreibtisch stand, und tröpfelte sich ein paar Tropfen in die Nase. Er schnäuzte sich erneut.

78

«Wer sind Sie denn?», fragte Mr Shole endlich mit näselnder Stimme.

«Mein Name ist Brandon. Ich hatte eine Autopanne.»

Der Mann unterbrach ihn. Er winkte mit der Hand ab.

«Ach richtig, ich weiß schon. Der sind Sie. Miss Graham hat mich heute am frühen Morgen informiert, nachdem Sie mich sehr unschön meines wichtigen Gesundheitsschlafes beraubt hatte. Ich musste vor der Zeit aufstehen, stellen Sie sich das vor.»

Shole sah aus, als ob er im nächsten Moment losheulen würde.

«Was wollen Sie denn?»

«Ich müsste telefonieren, bitte. Miss Graham erlaubt mir, in meinem Heimatort anzurufen.»

Mr Shole wies mit der Hand auf den Telefonapparat auf seinem Schreibtisch.

Barrington musste den Apparat zuerst von einigen Papieren befreien, die sich auf ihm stapelten. Dieser Mann hatte eine seltsame Auffassung von seinem Beruf. Jedenfalls hielt er wohl nichts von Ordnung. Die Rektorin war nicht zu beneiden.

Während sich Mr Shole stöhnend in seinen Schreibtischstuhl sinken ließ, nahm Barrington den Hörer von der Gabel und wählte die Nummer der Vermittlung, die ihn mit seinem Pub in St. Applewood verbinden sollte. Er hatte gehört, dass die Vermittlung und damit das Fräulein vom Amt bald Geschichte sein würden und man ganz einfach nur eine Nummer wählen könnte, um einen Anruf zu machen. Er konnte sich nicht vorstellen, dass das

79

möglich sein würde. Aber die Entwicklung ging weiter.

Es klingelte eine ganze Weile, bevor Farlan abnahm. Er klang verschlafen. Barrington hatte vergessen, dass es erst sieben Uhr war. Am Abend war es sicher wieder spät geworden, obwohl Farlan natürlich nach achtzehn Uhr nicht mehr im Pub bedienen durfte. Die Dame von der Jugendbehörde war da unerbittlich gewesen. Farlan war noch nicht achtzehn Jahre alt.

Barrington schilderte seine Probleme und bekam dafür von dem Jungen ein Lachen.

«War ja wieder einmal klar. Wenn ich das Rick und Chadwick erzähle, werden die beiden nicht überrascht sein. Versuche trotzdem, dich aus weiteren Schwierigkeiten rauszuhalten. Ist ja unglaublich!» Farlan kicherte erneut.

Barrington fragte noch nach, ob ansonsten alles gut lief mit Rick, ließ die Bande im Pub grüßen und legte auf.

«Frecher Bengel», sagte er leise.

Mr Shole sah ihn mit großen Augen an.

«Wie haben Sie mich genannt?»

«Ich habe Sie doch nicht gemeint. Das war mein Koch. Der ist manchmal etwas frech.»

Der Sekretär schien beruhigt.

Barrington nickte ihm zu und machte sich auf den Weg in die Küche. Vielleicht konnte er einen süßen, starken Kaffee bekommen. Nach dieser Nacht war das nötig.

Mrs Williams stand, nun ordnungsgemäß gekleidet, an ihrem gusseisernen Ungetüm von Herd und rührte in einem riesigen Topf. Es war angenehm warm in der Küche.

«Mrs Williams, wäre es möglich, einen Kaffee zu bekommen?»

«Setz dich, mein Junge. Ich heiße Matilda. Kannst Matty sagen. Das tun alle hier. Kaffee kommt gleich. Erst muss ich Porridge für die Schülerbande fertig rühren.»

«Ich bin Barrington. Vielen Dank. Kann ich dir helfen? Ich bin servieren gewohnt. Ich habe einen Pub.»

Mrs Williams drehte sich lächelnd zu ihm um, während sie weiter in dem Topf rührte. Sie musste den genauen Moment abpassen. Wenn der Brei zu dick werden würde, hätten sie hinterher nur noch Zementmasse zum Ausbessern der Schulmauern.

«Das wäre sehr nett. Der Speisesaal ist eine Etage hier darüber. Ich stelle die Schüsseln in den Speisenaufzug dort rechts an der Wand hinter der Klappe und du nimmst sie dann oben entgegen. Stell sie einfach auf das Büfett. Alles andere ist schon oben. Eigentlich helfen mir morgens zum Frühstück die beiden Ps aus Wolton. Aber die sind so früh natürlich noch nicht da. Heute wird alles etwas anders ablaufen. Miss Graham gedenkt, den Unterricht ausfallen zu lassen. Die Kinder sollen in ihren Zimmern lernen und nicht im Haus herumlaufen, solange die Polizei hier ist.»

«Eine weise Maßnahme. Wer sind die beiden Ps?», fragte Barrington.

«Das sind Pam und Peggy aus Wolton. Nette Mädels, aber ein bisschen einfältig», sagte ein

Mann, der gerade die Küche betrat. Sofort erschien ein Lächeln auf dem Gesicht der Köchin.

«Das ist Tobias Davies, unser Gärtner. Setz dich Tobi. Dein Tee kommt gleich. Barrington hier hat sich angeboten, heute beim Servieren oben auszuhelfen.»

Der alte Gärtner nickte Barrington zu.

«Aye, ein hungriger Bauch arbeitet nicht gern. Nett von dir, zu helfen. Lass dich von den Mädchen oben nicht verrückt machen. Sind gute Kinder. Sie spielen gern mal einen Streich. Aber wir waren doch nicht anders, oder?» Mr Davies setzte sich an den Holztisch. Barrington verstand gut, was der alte Herr meinte. Er war als Schüler auch kein Engel gewesen.

Barrington stand auf, verließ die Küche und ging über die sich anschließende hintere Treppe in die erste Etage. Er öffnete dort die Klappe des Aufzugs und nach ein paar Minuten kam der Speiseaufzug mit den abgedeckten Schüsseln oben an.

Der Essenssaal für die Schülerinnen war voll besetzt. Als Barrington erschienen war, waren die lauten Diskussionen verstummt. Nun wurde ausgiebig getuschelt. Madelaine und ihre Freundinnen hatten natürlich alle anderen bereits über Barrington informiert.

Der Saal war mit langen Holztischen und einfachen, langen Bänken ausgestattet. An der rechten Wand gab es ein langes Büfett, auf dem sich Teller, Bestecke und Tassen stapelten. Die Mädchen bedienten sich zumeist selbst. Schüsseln mit Brot, Obst und Becher mit Marmelade und Butter standen neben großen Kannen mit Tee und Milch.

Die Decke des Saals war mit dunklen Holz-
balken versehen und erhob sich weit über den
Köpfen der Mädchen. An der linken Seite gab es
hohe Fenster, die einen Blick in den Park ermöglich-
ten.

Die Mädchen trugen allesamt die Schuluniform,
mehr oder weniger ordentlich. Das ein oder andere
weiße Oberhemd hing locker aus dem Rockbund
und die rotgrüne Krawatte war nicht bei allen vorschriftsmäßig gebunden.

Eine der Lehrerinnen, Barrington hatte sie am
Morgen auf der Treppe zum ersten Mal gesehen,
patrouillierte zwischen den Bänken, ein aufgeschla-
genes Buch in Händen. Ab und zu musste eine allzu
laute Schülerin zur Ordnung gerufen oder auf eine
schief gebundene Krawatte hingewiesen werden.
Aber die meiste Zeit vertiefte sich die Dame in ihre
Lektüre. Sie war auf eine gewisse Weise hübsch zu
nennen, auch wenn sich bereits etliche Falten in
ihrem Gesicht breitmachten. Ihr welliges blondes
Haar trug sie hochgesteckt und unter dem grauen
Kostüm eine extrem bunte Bluse. Ihre Augen waren
gerötet, als hätte sie mehr geweint, als gut für sie
gewesen wäre.

Es wurde gekichert und geflüstert. Barrington
stellte eine Schüssel nach der anderen auf dem
Büfett ab und zwinkerte der kleinen Madelaine zu.
Daraufhin wurde noch lauter gekichert und sie
bekam neidische Blicke von ihren Schulkamera-
dinnen.

Nach ein paar Minuten ging Barrington zurück in

die Küche, wo bereits eine Tasse Kaffee auf ihn wartete. Er setzte sich zu dem Gärtner, der Tee trank. Auf dem Tisch standen Toast und Marmelade. Mr Davies wies mit seiner Hand auf die Teller.

«Greif zu, Junge. Vor dem Lunch bekommst du nichts mehr. Oder musst dich, so wie ich, mit Matty anfreunden. Man sollte sich stets mit Köchen gut stellen, wie schnell kann es geschehen, dass giftige Pilze im Essen landen. Aber keine Angst. Matty ist eine gute Seele.» Der Gärtner kicherte verhalten über seinen vermeintlichen Witz. Matty schlug ihm spielerisch auf die Schulter und lachte.

Barrington ließ sich das nicht zweimal sagen. Er griff kräftig zu.

«Kannten Sie den ehemaligen Sekretär George Edwards? Wie war er so?», fragte er und biss dabei in einen mit Marmelade beladenen Toast.

Den Blick, den die Köchin dem Gärtner zuwarf, konnte man nicht übersehen. Der konnte natürlich alles Mögliche bedeuten. Entweder, er solle dem Fremden nicht zu viel erzählen, oder die beiden wussten etwas, das man nicht ausplaudern sollte.

«Sag Tobias. In der Küchenetage gibts keine Ränge, Aye. Also, dieser Sekretär. Edwards war der geborene Schönling. Ich weiß nicht, ob du verstehst. Er hatte die unglaubliche Gabe, Ladys sofort zu umgarnen. In einem Internat, in dem ausschließlich Frauen arbeiten und einfach ständig zusammen sind, kann es schon einmal langweilig werden. Vielleicht waren die Damen deshalb so offen für seine Avancen.»

«Gab es denn Streit unter den Lehrerinnen?»

Barrington wollte sich ein möglichst genaues Bild von dem Toten machen.

«Streit gab es nicht. Edwards war schlau und sehr diskret. Er hat sich niemals öffentlich mit einer der Damen gezeigt. Alles war im Verborgenen geblieben. Niemandem fiel etwas auf, soviel ich weiß. Ich verstehe mich sehr gut mit der Rektorin. Wenn sie etwas Derartiges mitbekommen hätte, hätte sie mich sicher danach gefragt.»

«Aber ihr habt schon etwas bemerkt, nicht wahr, Matty und Tobias?»

«Ich bin den gesamten Tag auf dem Gelände unterwegs und die gute Matty in Küche oder Speisesaal. Sie kümmert sich natürlich zusammen mit den beiden P's auch um die Belange der Lehrerinnen und des Sekretärs. Und als gute Hausmutter obliegt es Matty, die Sorgen der Kinder anzuhören. Obwohl sie manchmal lieber bei mir auftauchen, wenn sie mit ihren Hausaufgaben nicht zurechtkommen. Die Lehrkräfte haben einen eigenen Essraum und es gibt einen Plan für die Aufsicht im Speisesaal der Kinder. Eine der Lehrerinnen ist bei den Mahlzeiten stets zugegen. Wir sehen natürlich eine ganze Menge, was unsere Rektorin nicht mitbekommt. Aye.»

«Was habt ihr mitbekommen?» Barrington hatte nicht die Absicht, aufzugeben.

Matty legte einen Deckel auf den großen Topf, in dem sie bis jetzt gerührt hatte, und setzte sich mit einer Tasse Tee zu den beiden Männern an den Tisch. Es duftete nach Gemüsesuppe.

«Kurz bevor Edwards das Internat verlassen hat,

hat er sich im Park mit einer der Lehrerinnen unterhalten und es ging nicht sehr höflich dabei zu. Tobias, du hast es doch gesehen. Erzähl es ihm. Was bringt es denn schon, das für sich zu behalten? Dass du es damals Miss Graham nicht gesagt hast, war in Ordnung, aber der Mann ist tot», sagte Matilda Williams.

«Ich war in meinem Gartenhaus und habe die Sichel für das Gras geschärft. Da habe ich einen Streit mitangehört. Edwards wollte jemanden davon überzeugen, dass er unaufschiebbare Geschäfte in London hätte. Ich habe seine Stimme erkannt. Er meinte, er würde bald zurückkehren. Aber die Dame war aufgebracht und sagte ihm, dass das nicht die Wahrheit wäre und er sicher eine andere Frau hätte. Schließlich zog Edwards die Dame weiter in den Park hinein, um kein Aufsehen zu erregen. Ich konnte dann nichts mehr hören.»

«Wer war die Dame? Hast du sie erkannt?», wollte Barrington wissen. Das war eine interessante Tatsache. Der ehemalige Sekretär hatte also hier im Internat eine Geliebte gehabt, es aber nicht öffentlich machen wollen. Der Rektorin hätte das auf keinen Fall gefallen. Hatte er deshalb das Internat verlassen müssen? Hatte er vielleicht noch andere Eisen im Feuer gehabt? Das wäre dann ein astreines Motiv für einen Mord.

«Gesehen habe ich die beiden nicht, aber ich meine, die Stimme von Miss Morning erkannt zu haben», sagte Tobias Davies.

«Sie gibt hier Chemie und Biologie», setzte Matty hinzu.

«Warum hat dieser Edwards das Internat verlassen? Gab es Vorkommnisse? Hat er sich vielleicht danebenbenommen?», wollte Barrington wissen.

«Er hat selbstständig den Hut genommen. Es war ihm vielleicht hier zu langweilig. Mitten im Wald, nirgends eine Möglichkeit, sich zu amüsieren. Er war ja noch relativ jung. Dieses Internat am Ende der Welt reichte ihm sicher nicht. Ich kann mich aber gut erinnern, dass der Mann ständig Geldprobleme hatte. Er hat von der Rektorin einen Vorschuss nach dem anderen verlangt. Sie hat das mir gegenüber einmal durchblicken lassen. Ich könnte mir sogar vorstellen, dass er die Finger in der Kasse gehabt hatte. Er war schon eine Nummer für sich. Auf jeden Fall war er eines Tages fort. Du solltest dich da aber nicht einmischen, mein Junge. Das ist Sache der Polizei. Hast uns ja profimäßig verhört», sagte der Gärtner und grinste breit.

«Ich muss irgendwann mal wieder in meinen Pub zurück. Darum versuche ich, die Ermittlungen etwas zu unterstützen. Sonst sitze ich hier im Internat noch wochenlang fest. Das geht nicht. Außerdem habe ich ja genug Zeit. Ich möchte euch aber weiterhin gern helfen. Ansonsten fühle ich mich nicht wohl bei dem Gedanken, im Haus zu wohnen und zu essen, ohne dafür zu zahlen.»

«Sei vorsichtig. Kein Rauch ohne Feuer, sage ich immer. Ist es denn wirklich jemand aus dem Internat, der den armen Edwards umgebracht hat? Vielleicht war es ja doch ein Unfall. Oder ein Fremder ist mit ihm zusammen gekommen, warum auch immer, und hat sich seiner entledigt», sinnierte der

Gärtner. Matty sah ihn mit großen Augen an.

«Bleib lieber bei deinem Kraut auf dem Feld, mein Guter. Der karierte Sherlock-Holmes-Hut steht dir nicht», sagte Matty und tätschelte den Arm des Gärtners.

«Wem steht dieser seltsame Hut denn schon?», fragte Tobias. «Sei einfach vorsichtig, Barrington. Was ist das für ein Name? Sehr lang, oder?»

«Das ist die Schuld meiner Mutter. Ich habe mich daran gewöhnt. Ich werde vorsichtig sein, Tobias, versprochen.»

Der Gärtner erhob sich, nickte den Anwesenden zu und wollte die Küche verlassen, um seiner Arbeit nachzugehen. Als er die Tür zum Flur öffnete, kamen zwei junge Mädchen hereingelaufen. Der Gärtner konnte gerade noch zur Seite springen. Barrington vermutete, dass das die beiden Ps waren, Pam und Peggy. Es waren augenscheinlich Zwillinge. Man konnte sie nicht auseinanderhalten. Barrington schätzte sie auf etwa zwanzig Jahre. Beide waren blond, hatten nette Sommersprossen auf der Stupsnase und trugen wadenlange Wollkleider.

«Wir haben es verpasst! Die ganze tolle Geschichte ist mal wieder ohne uns ...»

«Abgelaufen. Matty, erzähl ...»

«Schon! Was ist gestern Nacht ...»

«Passiert.»

Zu allem Überfluss beendete also auch noch eine der anderen Sätze. Matty hatte wohl seinen verwirrten Blick gesehen und lächelte still vergnügt.

«Sieh dir ihre Haarspangen an», flüsterte sie ihm zu. «Pam hat eine blaue Spange und Peggy stets eine grüne. So kannst du sie unterscheiden.»

Was war, wenn die beiden ihre Spangen tauschten? Barrington war von diesem Unterscheidungsmerkmal nicht überzeugt.

«Mädels! Aufgepasst!», rief die Köchin den beiden zu und klatschte in die Hände. «Es gibt Arbeit und getratscht wird später. Die Polizei ist noch eine ganze Weile im Haus. Das bringt einiges durcheinander. Geht in den Speisesaal der Schülerinnen und deckt das schmutzige Geschirr ab. Danach abwaschen, hopp, hopp!»

Die beiden maulten lautstark, aber fügten sich. Sie griffen zu zwei weißen Schürzen, die an einem Haken neben der Tür hingen, banden sie um und nahmen je ein großes Tablett zur Hand. Dann verließen sie die Küche in Richtung des Esssaals.

Pam flüsterte Peggy einen Namen zu.

«Madelaine.» Pam nickte fröhlich. Die beiden liefen wie der Wind davon.

Barrington hatte es verstanden und wusste nun, an wen er sich als Nächstes wenden musste. Die Schülerin hatte hier wohl einen besseren Durchblick als jede Tageszeitung.

Matty schüttelte den Kopf.

«Die beiden machen mich wahnsinnig. Aber sie machen ihre Arbeit ordentlich und tun, was ich ihnen sage. Meistens. Ihre Lieblingsbeschäftigung ist allerdings tratschen. Sei auf der Hut, Barrington. Bei so vielen weiblichen Wesen im Haus sollte ein gutaussehender Mann wie du vorsichtig sein. Na, noch einen Kaffee?»

Barrington sagte nicht nein.

Gegen zehn Uhr machte er sich auf den Weg zu seinem Wagen. Ein Mann wartete bereits neben dem Auto und winkte ihm von Weitem. Er hatte kurzes Haar, einen Vollbart, der bereits graue Strähnen aufwies, und trug ein kurzärmeliges Shirt. Vor Barringtons Wagen parkte ein Abschleppfahrzeug.

«Du musst Barrington sein!», rief ihm Mark entgegen. «Der Lieferwagen ist 'ne gute Marke. Den bekommen wir wieder hin. Versprochen.»

«Hallo, Mark. Ist es nicht etwas zu kalt für kurze Ärmel?», fragte Barrington und reichte ihm den Autoschlüssel.

Mark lachte.

«Ich bin doch kein Weichei, mein Freund. Schotten sind abgehärtete Menschen, die halten was aus. Wir haben schon kurzärmelig in Culloden gekämpft, aye!», rief er lachend. «Vielleicht wäre es mit Wolljacken besser gelaufen. Wer weiß das jetzt noch zu sagen? Trauriges Kapitel für uns Schotten, oder?»

Barrington nickte verstehend.

Mark setzte sich hinter das Steuer und versuchte zu starten. Keine Reaktion.

«Aye. Der Starter. Ich nehme den Wagen mit. Lass ihn uns an den Haken hängen.»

Das machten die beiden und nach zehn Minuten verabschiedete sich Mark.

«Ich hoffe, die Mordsgeschichte löst sich bald in Wohlgefallen auf. Hat sich in Windeseile in Wolton rumgesprochen. Schlimme Sache. Bis bald, mein Freund. Ich melde mich.» Mark stieg in seinen Abschleppwagen, startete und war fort.

Barrington winkte ihm nach und ging zum Internat zurück.

Vor dem Haus wimmelte es immer noch von Leuten der Polizei und der Spurensicherung.

Inspector Peters ist genervt

Die Rektorin Graham stand mit verschränkten Armen vor Sergeant Peevish und wippte mit dem rechten Fuß. Das war bei ihr das untrügliche Zeichen, dass sie unzufrieden war. Ihr Sekretär konnte ein Lied davon singen, um nicht zu sagen einen ganzen Liederzyklus.

Soeben hatte der Sergeant von ihr verlangt, einen Raum für die wichtige Polizeiarbeit zur Verfügung zu stellen. Man benötigte Platz für genaue Untersuchungen und Verhöre. Am besten wäre das Büro der Rektorin geeignet, da es dort auch ein Telefon gab.

«Das kommt überhaupt nicht infrage, guter Mann. Ich habe Arbeiten zu erledigen und kann mein Büro nicht einfach für längere Zeit verlassen. Außerdem lagern in den Aktenschränken sensible Daten über meine Schülerinnen und ihre Eltern. Das geht auf keinen Fall!»

Der Sergeant wackelte verdrossen mit seinem Kopf hin und her. Er hatte einen gewaltigen Kopf, bedingt durch sein ausuferndes Haar. Dafür saß der Kopf auf einem sehr dünnen Hals. Er trug Uniform und der dünne Hals wackelte wie das Pendel einer Standuhr zwischen dem viel zu weiten Kragen.

«Dann schlagen Sie einen anderen Raum vor, zum Kuckuck!», rief der Polizist. Die Diskussion mit der Leiterin dieser Schule zog sich nun schon seit zehn Minuten hin und wurde hitziger. Und Inspector Peters wartete im Essraum der Lehrerinnen auf ihn. Er mochte den Mann nicht. Aber er war sein Vorgesetzter und was sollte er da machen? Mürrisch verschränkte Peevish ebenfalls seine Arme und sah Miss Graham provokant an.

«Shole!», rief die Dame mit schrill erhobener Stimme. Die beiden Streithähne standen vor den Räumen der Rektorin auf dem breiten Flur. Miss Graham war nicht bereit, den Constable einzulassen.

Die Tür zum Büro wurde aufgerissen und ein verschnupft wirkender Sekretär kam herausgelaufen.

«Was ist denn, Miss Graham? Ich war gerade mit dem Brief für den Aufsichtsrat beschäftigt», erklärte Shole mit näselnder Stimme.

Miss Graham wedelte mit den Händen in Richtung des Sergeants.

«Suchen Sie dem Mann ein Zimmer für Verhöre. Vielleicht die Bibliothek. Da kann der Herr Polizist dann eventuell auch einmal in ein Buch schauen, wenn er etwas nicht versteht!», rief sie, drehte sich auf dem Absatz um und verschwand im Büro. Die Tür wurde zugeworfen und die beiden Herren auf dem Flur hüpften kurz auf und ab vor Schreck.

Peevish räusperte sich.

«Nun denn, zeigen Sie mir den Raum schon!»

Zufrieden zog Inspector Peters nach weiteren zehn Minuten in die Bibliothek ein und ernannte den Raum zur Außenstelle der Polizei Dunbar. Peevish ahnte nicht umsonst, dass sie alle hier in dieser Schule längere Zeit verweilen müssten, als er gern gesehen hätte.

Sergeant Peevish sollte eine rollbare Tafel und Kreide besorgen. Diese Aufgabe wurde von ihm sofort an den jungen Constable Winters weitergereicht. So lief das immer ab. Die Aufträge wurden von oben nach unten weitergegeben.

Der Herr Inspector wollte mittels Notizen auf der Tafel den Überblick über die Angestellten der Schule behalten.

Constable Winter, der bis vor einiger Zeit in der Halle Wache gestanden hatte, wurde dazu verdonnert, die Namen der Lehrerinnen, die jeweiligen Lehrfächer sowie die Namen der Angestellten der Schule darauf zu schreiben. Die Kreide fuhr mit einem quietschenden Geräusch über die Oberfläche der schwarzen Tafel. Sergeant Peevish hielt sich die Ohren zu.

«Können Sie nicht leiser schreiben? Das ist nicht zu ertragen.»

Der junge Polizist duckte sich und versuchte, leiser zu schreiben. Es gelang ihm nicht wirklich. Der arme Mann fühlte sich in seine Schulzeit zurückversetzt.

«Bitten Sie dann die erste Schülerin herein, Peevish. Ich vernehme die Mädchen erst einmal allein und später vielleicht gemeinsam mit den zwei anderen, um der Wahrheit auf die Spur zu kommen. Hoffentlich sind es nicht Mädchen von der ständig kichernden Sorte», sagte der Inspector. Er hatte sich an einem großen Tisch einen bequemen Stuhl zurechtgestellt und seinen Notizblock samt Bleistift auf der Tischplatte sorgsam drapiert. Gegenüber stand ein Stuhl für die Zeugen bereit. Er faltete die Hände und sah dem ersten Mädchen erwartungsvoll entgegen.

Was der gute Sergeant Peevish nicht wusste, war, dass Inspector Peters viel Spaß an dieser Ermittlung hatte. Er war eigentlich als Urlauber mit Frau und zwei Kindern nach Dunbar gekommen und hatte sich bereits nach zwei Tagen extrem gelangweilt. Er hatte sich mitten in der Nacht, da er nicht schlafen konnte, aus Neugier auf der Polizeiwache nach offenen Fällen erkundigt, als gerade in dem Moment die Nachricht von einem ungeklärten Todesfall in einem Mädcheninternat hereingekommen war. Das war seine Chance gewesen, dem Familienurlaub eine Zeit lang zu entkommen. Mrs Martha Peters war nicht amüsiert darüber gewesen und hatte geschmollt. Mr Peters hatte seine unbedingte Pflicht dem schottischen Rechtssystem gegenüber vorgeschoben und war von seiner Angetrauten zornesrot zum Dienst geschickt worden. Er hatte daraufhin vermutet, dass nur ein eventuell erstandenes kostbares Schmuckstück die stürmischen Ehewogen wieder glätten könnten.

Die erste Zeugin betrat die Bibliothek.

Inspector Peters zeigte auf den Stuhl, der ihm gegenüber am Tisch stand, und das Mädchen setzte sich.

«Wen haben wir denn hier?», fragte er freundlich.

«Wer ist denn mit wir gemeint?», fragte das Mädchen schnippisch. Hier musste Peters also etwas anders vorgehen. Er hatte kein kleines Kind vor sich, sondern eine halberwachsene Dame, die keinen Respekt vor Erwachsenen zeigte.

«Natürlich hast du recht, mein Kind ...»

«Ich bin nicht Ihr Kind, Mr Inspector.» Das Mädchen verschränkte die Arme und grinste breit.

Inspector Peters räusperte sich. Bereits die erste Befragung nervte ihn. Kinder zu verhören, war nicht sein bevorzugtes Betätigungsfeld. Damit hatte er in der Vergangenheit bereits bei seinen zwei Söhnen kein Glück gehabt, wenn die beiden Bengel etwas angestellt hatten.

Deshalb setzte er nun ganz neu an.

«Wie ist dein Name, junge Dame? Ich will hier keine Lügen hören und hätte keine Skrupel, ein junges Fräulein eine Nacht in einer Zelle schmoren zu lassen. Ich hoffe, wir haben uns verstanden.» So, nun wusste sie hoffentlich, dass er nicht mit sich spaßen ließ.

Das Mädchen ruckelte auf dem Stuhl herum und strich sich eine vorwitzige Strähne ihres blonden Haars aus dem Gesicht.

«Madelaine Browning, Sir.»

Sergeant Peevish, der sich einen Stuhl an den Tisch der Vernehmung ziehen wollte, wurde von dem Inspector mit einem Blick zur Ordnung gerufen. Also ließ der Sergeant von diesem Vorhaben ab und stellte sich mit seinem Notizblock neben den Tisch. *Wenn dieser Fall nur schon gelöst und ich den Inspector wieder los sein würde*, dachte Peevish. Inspector Peters machte in seine Richtung mit der rechten Hand eine Bewegung, als würde er etwas in die Luft schreiben. Peevish notierte den Namen der Zeugin.

«Du hast den Toten entdeckt?»

«Meine zwei Freundinnen und ich hatten Bücher aus der Bibliothek holen und unsere Studien weiter vervollständigen wollen. Da lag er plötzlich in der Halle auf dem Boden.»

Inspector Peters kniff die Augen zusammen.

«In die Bibliothek wolltet ihr gehen? Die ist aber nicht im Erdgeschoss, oder Peevish?»

«Nein, Sir, die Bibliothek ist in der ersten Etage.»

Der Inspector sah seinen Sergeant zweifelnd an.

«Natürlich, Peevish, das weiß ich. Das war eine rhetorische Frage. Wir sind ja hier in der Bibliothek.» Dann wandte er sich wieder an das Mädchen.

«Also überdenke noch einmal deine Aussage. Wo und warum waren drei Schülerinnen zur nachtschlafenden Zeit in Nachthemden unterwegs in der Schule und fanden eine Leiche in der Empfangshalle? Versuch es noch einmal, Madelaine. Sicher nicht, um irgendwelche Studien zu vervollständigen.»

Madelaine rutschte auf ihrem Stuhl hin und her. Sie wirkte nervös.

Inspector Peters lehnte sich etwas zu ihr über den Tisch und nuschelte leise auf sie ein.

«Ich weiß doch. Ihr habt euch gelangweilt und seid auf Entdeckungstour gewesen. Ist doch nicht schlimm. Das bleibt unter uns. Na sag schon.»

Das Mädchen nickte. Dabei lehnte sie sich immer weiter über den Tisch dem Inspector zu und senkte die Stimme.

«Wir haben eine Geistertour durch die Schule gemacht, nur dieses eine Mal. Da ist es still, der Wind heult um die Ecken des Hauses und das Schnarchen der Köchin dringt neben der Küche durch die Tür ihres Zimmers. Die Schule sieht in der Dunkelheit so interessant aus. Ich weiß aus gut unterrichteter Quelle, dass der Geist des greisen Vorbesitzers, Abernathy, nachts durch die Flure streift. Er rasselt mit den Ketten, die er sich im Leben geschmiedet hat, heult ganz furchtbar und klappert mit seinem losen Gebiss.» Sergeant Peevish notierte fleißig. Der Inspector sah ihn verdrossen mit dem Kopf schüttelnd an.

«Die Sache mit dem Geist muss nicht in Ihrem Notizblock landen, Peevish!», rief er und verschränkte die Arme. Sergeant Peevish räusperte sich und blätterte eine Seite des Blocks um.

«Nun mal etwas seriöser, Madelaine. Ihr wart also unterwegs im Haus. Und bei dieser Gelegenheit habt ihr doch sicher irgendjemanden getroffen oder gesehen, was passiert ist.»

Madelaine lächelte und schüttelte den Kopf.

«Gesehen haben wir eigentlich nicht viel. Nur gehört. In der dritten Etage, wo ein paar Klassenräume und Zimmer der Lehrerinnen sind, konnte man einen Streit hören. Dann kam ein seltsames

Geräusch, ein Platschen oder so, und es wurde sehr still. Wir sind dann durch den Flur von der Küche in die Halle gelaufen und da lag der Mann. Carrie schrie auf. Sie hat ihn gleich erkannt. Es war der ehemalige Sekretär, Mr Edwards. Wissen Sie, der war ein scharfer ...» Madelaine hustete kurz und setzte sich betont in ihrem Stuhl gerade hin.

«Potverdorie!», sagte Peters und grinste. «Die gesamte Schule war wohl in den Mann verschossen, oder?»

Das Mädchen zuckte mit der Schulter.

«Hast du die Stimmen der Leute erkannt, die sich vor dem Sturz gestritten haben?»

Madelaine schüttelte den Kopf.

«War es ein Mann oder eine Frau? Das solltest du doch erkannt haben.»

Sie schüttelte erneut den Kopf.

«Das war eher ein lautes Flüstern, heiser und unverständlich. Man konnte nichts verstehen. Wir haben dann nur Schritte gehört, die sich entfernten. Und kurz darauf wimmelte es in den oberen Etagen vor Lehrerinnen in Nachthemden.»

«Lautes Flüstern. Aha. So etwas gibt es. Gut, Mädchen, du kannst gehen. Wenn dir oder deinen Freundinnen noch etwas einfällt, meldet ihr euch bitte bei mir. Deine Kumpane werden nichts anderes zu erzählen haben», sagte der Inspector.

Madelaine stand auf, knickste artig und öffnete die Bibliothekstür zum Flur. Zwei Mädchen standen davor und sahen neugierig in den Raum.

«Sind wir dran, Mr Polizist?», rief die dunkelhaarige Brit in die Bibliothek hinein.

Inspector Peters wedelte sie mit den Händen davon und der Sergeant schloss die Tür vor den enttäuschten Blicken der Mädchen.

«Ich werde nach Hause schreiben. Wir wurden von einem Inspector verhört. Es gab einen unerhörten, grausamen Mord in unserem Internat. Wir waren die einzigen Zeugen und sind wahrscheinlich auch in Gefahr», sagte die kleine Brit, während sich die drei auf den Weg zu ihrem Zimmer machten.

«Bist du wahnsinnig? Dann würden deine Eltern dich sofort hier wegholen. Gerade deine Mutter. Die übervorsichtige Mrs Faulkner, die bei jeder Fehlzündung eines Wagens zusammenzuckt und denkt, auf ihren Mann, den Minister im Dienst Ihrer Majestät, würde geschossen werden. Lass das ja sein!», erklärte Madelaine. «Ich werde jedenfalls wie immer schreiben. Das Essen ist gut, die Lehrerinnen sind nett und meine Noten ansprechend. Auch wenn das nicht stimmt.»

Carrie, die Dritte im Bunde, nickte verstehend.

Die jungen Damen kicherten ausgiebig. Aus einer Fensternische drehte sich Barrington zu den Mädchen um.

«Na, was habt ihr dem Detective Inspector auf die Nase gebunden? Erzählt ihr es einem neugierigen Freund?»

Die drei sahen sich gegenseitig an, als habe man sie beim Spionieren erwischt. Sie fingen sich schnell und erneut wurde ordentlich gekichert. Barrington würde seine Informationen bekommen. Vielleicht sogar noch etwas mehr, denn Madelaine hatte nicht wirklich alles berichtet, was sie in jener Nacht gesehen hatten. Vor allem, dass sie fast jede Nacht unterwegs und die von der Köchin gesuchten Mitternachtsnascher waren, wollten sie nicht erzählen. Jedenfalls keinem Polizisten. Die Angst vor einer Strafe war dann doch groß. Und die guten Puddings schmeckten viel zu gut. Darauf wollte man nur ungern verzichten. Der Reiz des Verbotenen war ihnen wichtig.

Die ängstliche Carrie kaute, wie immer, wenn sie nervös war, an ihrem roten Zopf, der ansonsten auf ihrem Rücken bis zur Hüfte hing. Ihre beiden Freundinnen waren, bedingt durch die Geburt in eine wohlhabende Familie, weitaus redefreudiger.

Carries Eltern waren einfache Leute. Ihr Vater hatte einen kleinen Papierwarenladen in Edinburgh. Ihre Mutter verkaufte dort den lieben langen Tag Postkarten, Notizbücher und Schreibwaren an Touristen. Carries gute Noten in der Schule hatten ihr das Stipendium für das exklusive Internat Crossbill-House eingebracht. Bevor ihre Eltern das Mädchen mit ihrem kleinen Koffer in den Bus gesetzt hatten, schärften sie ihr ein, gut zu lernen, sich nicht ablenken zu lassen und keine Dummheiten zu fabrizieren.

«Halte dich von Schwierigkeiten fern und kümmere dich nicht um die anderen Schüler. Das sind alles Leute aus der Oberschicht und wahrscheinlich werden sie auf dich herabsehen. Aber du solltest stolz auf deinen Erfolg sein. Dann hast du es später einmal besser», hatte ihr Vater gesagt und ihr einen Kuss auf die Stirn gedrückt. Die Mutter hatte, wie stets in diesen Tagen, geweint und sich ihr Taschentuch an die Nase gehalten. Carrie war ihr einziges Kind. Sie hatte sie ungern ziehen lassen.

Aber es war ganz anders gekommen, als Carries Vater prophezeit hatte. Kurz nach ihrer Ankunft hatte sich bereits Madelaine, die eine sehr soziale Ader hatte, um das Mädchen gekümmert. Sie hatte die schiefen Blicke der anderen Mädchen bemerkt und hatte sich sofort auf Carries Seite gestellt. Na und Brit war schon lange eine gute Freundin Madelaines gewesen und tat meist, was Maddy sagte. Wahrscheinlich würde Madelaine einmal in die Fußstapfen ihres Vaters treten und Diplomatin werden.

Maybrit Faulkner, von ihren Freundinnen Brit genannt, erzählte Barrington sofort etwas aus ihrer Familie. Eigentlich wollte er das gar nicht wissen, aber er wollte die Mädchen nicht vor den Kopf stoßen. Vielleicht ergab sich dadurch doch die ein oder andere interessante Tatsache. Also zog er die drei Mädchen in einen Erker auf dem langen Flur, dessen Fenster auf den Park hinausgingen. In weiter Entfernung konnte man den Gärtner arbeiten sehen.

«Wissen Sie, Mr Brandon, es ist ausgesprochen langweilig hier. Man kann gar nichts unternehmen. Kennen Sie den Nachbarort Wolton? Was für ein öder Flecken. Noch nicht einmal ein Kino ist dort und nach Dunbar oder Edinburgh ist es zu weit. Wir dürfen nur ab und zu nach Wolton fahren. Natürlich in Begleitung einer Lehrerin. Nur wenn meine Eltern mich besuchen oder bevor sie mich nach den Ferien wieder abliefern, unternehmen sie etwas mit mir. Daddy ist Minister, wissen Sie?» Brit war kaum zu bremsen.

«Hei, sagt Barrington. Ist doch angenehmer.»

Die drei kicherten erneut. Der Inspector hatte doch recht gehabt, es waren kicherfreudige Zeuginnen. Barrington hörte weiter den Erzählungen zu.

«Meine Eltern sind fast ständig im Ausland. Zurzeit ist mein Vater im diplomatischen Dienst in, wie hieß das Land gleich? Irgendetwas mit ... stan hinten dran.» Madelaine dachte einen Moment nach.

«Rajasthan. Habe ich dir doch schon mehrmals gesagt», kam es kleinlaut von Carrie. «Ein Bundesstaat in Indien.»

«Ja! Stimmt ja! Wenn ich dich und deine Vorliebe für Geografie nicht hätte», jubelte Madelaine. Sah sich aber schnell um, ob es jemand gehört haben könnte.

«Kommen wir auf die Nacht zu sprechen. Ihr wisst, was ich meine. Erzählt mir erst einmal, was ihr dem Inspector gesagt habt», sagte Barrington.

«Carrie und mich wollte er gar nicht mehr verhören», murmelte Brit traurig.

Madelaine berichtete Barrington von ihrer Aussage. Sie ließ nichts aus, auch dass sie den Sergeant Peevish komisch fand.

«Gut. Soweit die offizielle Geschichte. Was habt ihr der Polizei nicht erzählt?», fragte Barrington und sah die drei Mädchen interessiert an. Er wusste genau, dass da noch mehr war.

«Ehrenwort, das war alles. Nur eine Sache habe ich vergessen zu sagen», meinte Madelaine nach einem Blick ihrer großen Augen auf die Freundinnen. Brit nickte zustimmend. Carrie wurde blass.

«Vergessen habt ihr es also. Na gut», sagte Barrington schmunzelnd.

«Auf dem Weg in die Küche, wo wir uns ab und zu was zu naschen besorgen, haben wir Miss Morning gesehen. Sie war noch nicht im Nachthemd und lief durch den Flur der zweiten Etage in Richtung der Bibliothek. Vielleicht wollte sie in den Salon für die Lehrerinnen. Der ist auch dort. Wir haben uns natürlich versteckt, in einer Nische», berichtete Madelaine, die Wortführerin der kleinen Bande.

«Natürlich habt ihr euch versteckt. Verstehe. Ihr seid also die Mitternachtsnascher. Von mir erfährt niemand etwas», sagte Barrington. «Und das war wirklich alles? Habt ihr nicht noch jemanden gesehen? Vielleicht den toten Sekretär, Mr Edwards, als er das Haus betreten hat?»

Die Mädchen schüttelten die Köpfe im Gleichtakt.

«Wollt ihr mir noch irgendetwas sagen? Manchmal ist es besser, alles zu erzählen, bevor es doch herauskommt. Schade, dass man die Verhöre des Inspectors nicht verfolgen kann.» Er sah die Mädchen interessiert an. Und tatsächlich bekam Barrington eine Information, die ihm helfen würde.

Brit sah sich kurz um, ob jemand kommen würde. Aber es blieb ruhig. Dann beugte sie sich gemeinsam mit ihren Freundinnen zu Barrington und erzählte in verschwörerischem Tonfall von einem Geheimnis.

«In der Bibliothek gibt es einen geheimen Zugang auf der oberen Galerie. Wir haben den gefunden, als wir uns eines Nachts auf dem Flur der zweiten Etage umgesehen haben. Brit hat an dem großen Gemälde, das dort hängt, rumgefummelt und da haben wir ihn entdeckt», sagte das Mädchen. Barrington wollte lieber gar nicht wissen, was die drei Mädchen in der Schule nachts trieben. Wahrscheinlich gingen sie jede Nacht auf Abenteuersuche.

«Jedenfalls kann man in der zweiten Etage durch das Gemälde dieses gruseligen Kerls in einen Gang gehen und kommt in der Galerie der Bibliothek wieder heraus. Das ist so supertoll, wenn man einer Lehrerin entkommen will», sagte Brit und grinste breit. Carrie meldete sich mit einem erhobenen Finger zu Wort.

«Das ist der Duke of Abernathy. Der hat hier einmal gelebt vor ewigen Zeiten. Er gehörte zu den Peers, das ist die höchste ...» Sie wurde von ihrer Freundin Brit unterbrochen.

«Ja, weiß ich doch, aber trotzdem ist er gruselig. Hast du dir mal seine Zähne angesehen? Seitdem ich das Bild gesehen habe, muss mich niemand mehr auffordern, immer gut die Zähne zu putzen. Und ein Triefauge hatte er auch», setzte sie hinzu.

Barrington räusperte sich leise.

«Gut zu wissen. Das ist ein besonders guter Hinweis von euch dreien. Ihr könnt also wirklich nichts zu eurer Geschichte hinzufügen? Denkt noch einmal genau nach.»

Die drei sahen sich an und schüttelten erneut die Köpfe.

«Ich sage euch etwas. Wie wäre es, wenn ihr für mich die Augen und Ohren aufhaltet, natürlich sehr vorsichtig. Sicher bekommt ihr einiges mit, was ich nicht höre.»

«So eine Art mobile Detektivtruppe?», fragte Brit mit leuchtenden Augen. Barrington nickte.

«Super!», rief Madelaine. Es wurde ausgiebig gekichert. «Dann brauchen wir als Erstes Notizblöcke, wie der Sergeant einen hat. Carrie, du hast doch von dem Geschäft deiner Eltern haufenweise Papiermaterial bekommen. War da etwas im letzten Paket dabei?»

Carrie nickte fröhlich.

«Dann ist das abgemacht», sagte Brit und streckte die rechte Hand mit dem Handrücken oben nach vorn. Sofort legten die beiden anderen Mädchen ihre rechten Hände darauf und sahen Barrington fragend an. Zuerst verstand er nicht ganz, aber dann fiel ihm etwas ein, was sein Freund Rick einmal gesagt hatte. Also legte er seine rechte Hand ebenfalls auf die kleinen Mädchenhände.

«Einer für alle und alle für einen», sagte er leise.

Und schon waren die Mädchen verschwunden. Ihre trommelnden Schritte waren in den Fluren noch lange zu hören. Und natürlich ihr Kichern.

Barrington sah nachdenklich aus dem Fenster in den Park. Er war sich fast sicher, dass die drei ihm noch nicht alles erzählt hatten. Er hoffte, dass ihr Wissen die Mädchen nicht in Gefahr bringen würde. Das wäre fatal. Er nahm sich vor, gut aufzupassen. Vielleicht sollte er sich dem Gärtner anvertrauen. Aber was war, wenn er der Mörder war? Barrington musste zuerst noch etwas ermitteln. Im Moment konnte er niemandem vertrauen. Er war der felsenfesten Meinung, dass der Mörder oder die Mörderin aus dem inneren Kreis des Internats kam und nicht, wie Miss Graham vermutet hatte, von außerhalb. Wollte sie vielleicht mit Absicht den Verdacht auf jemanden von außerhalb schieben?

Eine Sache musste er noch erledigen, bevor er sich erneut als Detektiv betätigen konnte. Er musste unbedingt Raelyn McNeedle anrufen, um ihr zu beichten, dass er erstens die Wolle aus Edinburgh nicht mitbringen konnte und zweitens ihr Geld, das dafür gedacht gewesen war, für die Reparatur des Wagens ausgeben musste. Hoffentlich spießte sie ihn nicht mit ihren Stricknadeln auf, wenn er irgendwann in ihrem Geschäft auftauchen würde. Er seufzte. Nochmals nach Edinburgh fahren und die Wolle besorgen. Ehrensache. Auf seine Kosten natürlich. Das würde er ihr versprechen.

Also erneut zu diesem seltsamen Sekretär Shole und das Telefon benutzen.

Danach wollte er sich das Gemälde des Duke of Abernathy einmal genauer ansehen. *So schlimm, wie die kleine Brit ihn beschrieben hat, wird er doch wohl nicht sein,* dachte Barrington. *Auf keinen Fall gruseliger als die Ahnenbilder auf Woodland Manor in St. Applewood.*

Wie oft er sich vor diesen Gestalten erschreckt hatte, war nicht mehr zu zählen. Maureen hatte ihn ausgelacht, wenn sie Verstecken in dem weitläufigen Haus gespielt und Barrington sich ständig verraten hatte, da er wieder einmal vor einem besonders gruseligen Gemälde schreiend weggelaufen war.

Raelyn McNeedle war sehr verständnisvoll am Telefon gewesen. Trotzdem hatte Barrington die tiefe Enttäuschung aus ihren Worten heraushören können. Sie hatte diese besondere Wolle bereits für eine Auftragsarbeit eingeplant. Das machte ihm zu schaffen. Er war kein Mensch, der etwas versprach und dann nicht hielt.

Als er den Hörer zurück auf die Gabel gelegt hatte, sah ihn der Sekretär fragend an.

«Schlechte Neuigkeiten?» Seine Stimme, die immer kurz vor dem Niesen zu sein schien, war mitfühlend.

Das war für ihn eine gute Möglichkeit, etwas mehr über Mr Shole zu erfahren.

«Leider. Ich werde so schnell nicht hier wegkommen. Was meinen Sie, wie diese Sache abgelaufen ist? Sie sind ja hier der Kitt, der alles zusammenhält, denke ich. Ist es nicht so? Es gibt sicher eine wahnsinnig große Menge zu tun für Sie. Das kann nicht so einfach sein», sagte Barrington und hoffte, nicht zu dick aufgetragen zu haben.

Shole schien sich für einen Moment zu entspannen. Sogar das Taschentuch, das er ständig in der Hand zu halten pflegte, verschwand in seiner Hosentasche.

«Sie haben ja keine Ahnung», erwiderte er und beugte sich leicht zu Barrington über den Schreibtisch. Barrington bemerkte einen unangenehmen Geruch nach Kampfer und Salbei. Ein seltsames Parfüm für einen Herrn, der noch nicht einmal vierzig Jahre alt war. Und er bemerkte das Faltengebirge auf der Stirn des Mannes, das wahrscheinlich von seiner Angewohnheit stammte, ständig mit hochgezogenen Augenbrauen über seinen Gesundheitszustand nachzudenken. Das Gebirge wurde von einem feinen und exakt geschnittenen Pony ansonsten überdeckt.

«Ich habe natürlich wahnsinnig viele Aufgaben zu erledigen. Und dann diese Flut an Briefen in der letzten Zeit. Sie müssen wissen, Miss Graham hat mich angewiesen, die Post jedem persönlich auszuhändigen. Ich hatte vorgeschlagen, in der Halle eine Kiste aufzustellen, wo sich jeder selbst seine Briefe heraussuchen kann. Vor allem die Schülerinnen. Jede ungezogene Göre muss ich hier persönlich aufsuchen. Das Briefgeheimnis müsse gewahrt werden, meinte Miss Graham. Briefgeheimnis! Nun ja.»

Das war interessant.

«Dann kam in der letzten Zeit viel Post? Das ist doch für einen einzigen Menschen gar nicht zu schaffen», sagte Barrington.

Shole winkte mit rollenden Augen ab.

«Furchtbar. Und wie gesagt, in dem letzten Vierteljahr waren es unglaublich viele Briefe. Vor allem für die Lehrerinnen. Miss Graham ausgenommen. Sie bekommt nur offizielle Post vom Aufsichtsrat.»

«Dann haben die Damen wahrscheinlich große Familien.»

Shole winkte erneut ab.

«Ach was. Die Portsmith hat niemanden, wie auch, die alte Krähe. Trotzdem habe ich ihr zwei Briefe letztens zustellen müssen. Wie die mich beim ersten mal angesehen hat? Als würde ich ihr eine Vorladung vor Gericht bringen. Miss Morning, die hübsche Blondine, hat nur eine alte Großmutter.

Cooper, McGray und Green sind, so viel ich weiß, allein. Niemand hatte vorher von ihnen Briefe erhalten. Alte Fräulein eben. Sie wissen, was ich meine ...» Er zwinkerte Barrington kumpelhaft zu.

Die Tür flog auf und Shole setzte sich sofort gerade auf seinen Stuhl, griff zu einem neuen weißen Blatt und versuchte erfolglos, es in die Schreibmaschine einzuspannen, die neben dem Schreibtisch auf einem etwas kleineren Tisch stand.

«Was ist denn hier los? Mr Shole, ich muss mich doch sehr wundern. Sie sollten um diese Zeit die Post verteilen. Was machen Sie noch hier?», fragte Miss Graham, die gerade zur Tür hereingelaufen kam, wie immer in Eile.

«Es waren heute nur zwei Postkarten für die Schülerinnen Smith und Bottom und ein paar Rechnungen, die ich gerade bearbeite», erwiderte der Sekretär beflissen.

«Das ist was Neues. Seit Monaten ganze Stapel von Briefen und heute nichts? Sehr eigenartig. Oh, Mr Brandon, konnten Sie jemanden in Ihrem Heimatort erreichen? Es tut mir sehr leid, dass Sie nun hierbleiben müssen. Ich hoffe, dieser Inspector schafft seine Aufgabe. Wir müssen auf das Dringendste zum Alltag der Schule zurückkehren.» Miss Grahams Stimme hatte, als sie Barrington ansprach, sofort einen weicheren Tonfall angenommen. Sie warf ihrem Sekretär noch einen bösen Blick zu und öffnete die Tür zu ihrem Büro. Sie ließ sie offenstehen. Barrington vermutete, weil sie den Sekretär beaufsichtigen wollte.

Schade, er hätte sehr gern mehr über die ausufernde Post der letzten Zeit gehört. Das war auf jeden Fall ein Ansatz, den man weiterverfolgen sollte. Er würde seine drei Musketiere danach fragen.

Nachdem er das Büro verlassen hatte, machte sich Barrington auf den Weg in die zweite Etage. Gut, dass am heutigen Tag kein Unterricht stattfand. Dadurch war es auf den Fluren ruhig. Viele der Schülerinnen hatten sich nach dem Frühstück, nachdem Miss Graham es erlaubt hatte, im angrenzenden Park verteilt und waren spazieren gegangen. Einige wenige saßen in ihren Zimmern und lernten und ein paar der Mädchen hatten aus dem Lagerraum im Erdgeschoss, wo die Sportutensilien aufbewahrt wurden, einen Ball geholt und spielten auf dem kleinen Sportplatz neben dem Park.

Von den Lehrerinnen hatte Barrington heute noch nicht viel gesehen.

Der greise Duke of Abernathy

Barrington ging über die große Marmortreppe in die zweite Etage. Hier gab es einige Klassenräume, aber vor allem Zimmer für Schüler und Lehrerinnen. In der dritten Etage befanden sich ausschließlich Wohnräume. Darüber gab es einen weitläufigen Speicher. Ein kleines Mädchen raste, einen Stapel Bücher in der Hand, an ihm vorbei und verschwand in einem der Schülerzimmer auf der anderen Seite. *Nur nichts übereilen, meine Kleine,* dachte Barrington grinsend. Sie hatte ihn in ihrem Eifer nicht gesehen und fast umgerannt.

Seine drei Musketiere hatten ihm den Weg zu dem Gemälde des Lords genau beschrieben. Er fand es schnell. Es hing in einem Seitenflur. Am Ende war ein großes Fenster, das auf den Park hinausführte. Er konnte Schülerinnen auf dem Sportplatz johlen hören.

Das Gemälde war keines von den kleinen Miniaturen. Es war überdimensional groß. Der greise Duke war in Lebensgröße abgebildet worden. Ein kurzer Blick genügte Barrington und er verstand die Kinder. Der Mann war gruselig. Sein weißes, recht dünnes Haar war schulterlang und wehte im Wind. Dem Bild nach zu urteilen, stand er an Bord eines Schiffes. Sein Gesicht wirkte streng und sein Mund war geöffnet, als wolle er im nächsten Moment zu einer Rede ansetzen. Brit hatte recht gehabt. Die Zähne des Mannes waren furchtbar anzusehen. Die Augen lagen tief in den Höhlen seines hageren Schädels und eines sah kränklich aus. Seine knochige rechte Hand stützte sich auf einen Gehstock, der mit kunstvollen Schnörkeln verziert war. Er trug, wie im achtzehnten Jahrhundert üblich, Kniebundhosen mit Schleifchen an den Seiten, eine lange hellblaue Brokatweste und ein opulentes weißes Spitzentuch um den Hals geschlungen. Welcher Maler ihn so unvorteilhaft dargestellt hatte oder ob der arme Mann nach der Fertigstellung des Gemäldes am Leben gelassen worden war, war nicht mehr nachzuprüfen. Ein Name stand nicht auf der Leinwand. Sicher hatte der arme Maler aus gutem Grund darauf verzichtet, seinen Namen zu hinterlassen, und schnellstens das Weite gesucht.

Barrington sah sich noch kurz im Flur und im angrenzenden Treppenhaus um. Er blickte hinunter zu der Stelle, wo der Körper des Toten gelegen hatte. Ein Sturz aus dieser Höhe konnte wohl niemand überleben, noch dazu auf den harten Marmorboden der Halle. Inzwischen war die Leiche fortgebracht worden und lag in der Rechtsmedizin zur Untersuchung. An dem Platz, wo Edwards gelegen hatte, war nichts mehr zu sehen. Auch das Polizeiabsperrband war verschwunden. Die Reinigungskräfte hatten den Boden bereits gewischt und man könnte meinen, es wäre nie etwas passiert.

Er ging zurück zu dem Bild und begann den Rahmen abzutasten. Nichts geschah. Die Mädchen hatten vergessen, ihm zu erklären, wie man das Bild öffnete.

Oder war es ganz einfach eine Tür? Barrington zog an der Seite des großen Gemäldes und siehe da, es bewegte sich. Im Grunde genommen, war es eine Tür. Dahinter war es nicht allzu dunkel. Ein schmaler Gang tat sich auf. Von irgendwoher kam schwaches Licht. Die Rektorin wusste nichts von diesem Geheimgang, sonst hätte sie ihn sicher versiegeln lassen. Welchen Zweck das Ganze in der Vergangenheit einmal hatte erfüllen sollen, war im Nebel der Zeit zurückgeblieben.

Barrington musste nur etwa zwanzig Inch überwinden und stand im Innenraum. Er zog das Gemälde hinter sich wieder zu. Dann schlich er so lautlos wie möglich durch den Gang. Es waren nur ein paar Schritte, dann stand er vor der Rückseite eines weiteren Gemäldes. Das vermutete er jedenfalls. Mit leichtem Druck versuchte er die Tür zu öffnen. Nur nicht Lärm machen. Sie schwang ganz leise ein Stück nach vorn. Der kleinen Madelaine traute er durchaus zu, dass sie zu einer Ölkanne gegriffen hatte, um die Scharniere lautlos zu machen.

Er war nun auf der Galerie, die an weiteren Regalen voller Bücher entlangführte und am Ende den Blick auf eine schmiedeeiserne Wendeltreppe nach unten freigab.

Barrington horchte. Da waren die Stimmen von Sergeant Peevish und des Inspectors. Die Unterhaltung war sogar von hier aus gut zu verstehen. Er musste die Galerie dafür nicht unbedingt betreten und konnte von dem leicht geöffneten Gemälde aus zuhören. Er hatte von seinem Standpunkt aus die Tür zur Bibliothek gut im Blick. Den Tisch des Inspectors sah er leider nicht.

Soeben forderte der Inspector seinen Sergeant auf, die nächste Zeugin hereinzurufen. Miss Morning, Chemie und Biologie. Das fügte sich gut. Diese Dame hatten die drei Mädchen erwähnt. Sie hatten sie in der Nacht gesehen.

Barrington sah die Dame hereinkommen. Sie war hübsch mit ihrem blonden Haar, das in weichen Wellen auf die Schultern fiel. Nervös zerdrückte sie in ihren zittrigen Händen ein Stofftaschentuch. Das konnte er sogar von oben aus sehen. Der Inspector bat sie, Platz zu nehmen. Damit verschwand sie aus dem Blickfeld Barringtons. Er hörte einen Stuhl, der auf dem Holzboden geschoben wurde.

«Ihr Name ist Patricia Morning?», sagte der Inspector und bekam wahrscheinlich ein Nicken von ihr.

«Gut, Miss Morning, erzählen Sie von der Nacht, als man den Toten in der Halle fand. Wo hielten Sie sich auf. Bitte genau.»

Miss Morning hustete kurz.

«Ich war, wie immer an den Abenden, wenn ich einen langen Unterrichtstag gehabt hatte, früh zu Bett gegangen, so gegen zweiundzwanzig Uhr. Vielleicht auch etwas früher. Ich habe nicht auf die Uhr gesehen. Vorher hatte ich mit Miss Cooper kontrolliert, ob die Kinder in ihren Zimmern waren und das Licht gelöscht war», sagte die Lehrerin mit zittriger Stimme. Barrington wusste, dass sie log. Die drei Musketiere hatten ihm berichtet, dass Miss Morning später in der Nacht im Haus unterwegs gewesen war. Dabei hatte sie noch ihre Arbeitskleidung getragen. Warum log sie den Inspector an, wenn sie nicht etwas verheimlichen wollte, das sie belasten könnte?

«Und Sie haben Mr Edwards gut gekannt, nicht wahr?», fragte der Inspector.

«Ich kannte ihn fast gar nicht. Wir haben uns niemals sehr ausgiebig unterhalten. Nur auf schulischer Ebene und wenn wir uns im Lehrerzimmer getroffen haben. Ich weiß gar nichts von ihm.» *Das ist mal eine schnelle und ausgiebige Antwort,* dachte sich Barrington.

«Nun gut. Was passierte im Verlaufe der Nacht?», fragte der Sergeant dazwischen. Wie Barrington den Inspector erlebt hatte, würde er das Vorpreschen des Polizisten nicht besonders mögen. Es entstand eine kurze Redepause unten in der Bibliothek.

«Ich erwachte von einem Geräusch, vielleicht der Schrei der Mädchen, und lief aus meinem Zimmer zur Treppe. Da traf ich auf die anderen Lehrerinnen. Mehr kann ich dazu nicht sagen», erklärte Miss Morning.

«Haben Sie das, Peevish?», fragte der Inspector. «Sie können gehen, Miss Morning. Schicken Sie bitte die nächste Lehrerin herein. Wen haben wir jetzt zu verhören, Peevish?»

«Cooper, sie lehrt Mathematik und Tanz, seltsame Mischung», sagte der Sergeant und las es wahrscheinlich von seinen Notizen ab oder von einer Tafel, die Barrington im Raum entdeckt hatte. Ein junger Polizist war damit beschäftigt, etwas an diese Tafel zu schreiben. Das musste er sich ansehen, wenn die Bibliothek am Abend leer sein würde.

Anna Catharina Cooper betrat den Raum. Klein, das graue Haar zu einem engen Knoten gebunden und wie alle Lehrerinnen in ein graues Kostüm gekleidet. Sie sah mitgenommen aus, fand Barrington.

Die Dame konnte nichts Neues beitragen, bestätigte aber die Aussage von Miss Morning, dass sie gemeinsam die Kontrollgänge am Abend absolviert hatten. Danach war sie zu Bett gegangen und hatte sofort geschlafen. Bis sie den Schrei gehört hatte. Auch sie behauptete, den ehemaligen Sekretär kaum gekannt zu haben.

Barrington dachte sich seinen Teil. Keiner wollte zugeben, dass mehr hinter diesem Mann gesteckt hatte als ein Sekretär, der seiner Arbeit nachging. Da hatte er von dem Gärtner mehr erfahren können.

Die nächste Zeugin war Jeanne McGray, englische Literatur und Konversation. Im Prinzip waren es erneut die gleichen Aussagen wie bei den beiden davor. Nichts gesehen, nichts gehört und früh zu Bett gegangen. Auch diese Dame stritt eine Verbindung zu dem Toten ab. Langsam wurde es dem

Inspector zu viel. Barrington hörte das an seiner genervten Stimme.

«Sie wollen mir also erzählen, dass Sie den Mann kaum gekannt haben!», rief Inspector Peters lauter als gewollt und schlug wohl mit der flachen Hand auf den Tisch. Barrington hörte einen Knall.

Daraufhin begann die arme Frau bitterlich zu weinen.

«Ach du meine Güte! Miss, beruhigen Sie sich. Sie können gehen», sagte der Inspector. «Die nächste unglaublich aussagekräftige Zeugin, Peevish! Wer lügt uns als Nächste etwas vor?»

«Geografie und Zeichnen, Mary Green, Sir», sagte der Sergeant.

Die Dame, die nun hereinkam, sah sich, bevor sie die Tür zur Bibliothek schloss, nochmals zu ihrer Vorgängerin um. «Reiß dich doch um Himmels Willen zusammen, Jeanne, was ist das denn für ein Vorbild für unsere Schülerinnen?» Sie schloss die Tür lautstark. Man hörte von draußen ein lautes Schluchzen. Mary Green verdrehte die Augen.

«Was für eine Heulsuse, nicht wahr, Inspector?», sagte sie und setzte sich. Im Moment konnte er die Frau nicht mehr sehen, aber sie war auf keinen Fall traurig über Edwards Tod.

«Na, dann, Miss Green. Wie lief der Tag des Mordes für Sie ab?», fragte Peters. Er klang gar nicht begeistert. Barrington hörte einen Stuhl schurren und sah dann den Inspector im Raum auf und ab gehen. Er zog zur Vorsicht das Bild noch etwas zu sich heran.

«Nun, meine Herren, was soll ich über diesen

118

Tag berichten? Sind Sie denn sicher, dass es Mord gewesen ist? Es könnte doch ein Unfall oder Suizid gewesen sein. Vielleicht kam er zurück, um die Rektorin anzuflehen, ihn wieder aufzunehmen. Haben Sie darüber schon einmal nachgedacht? Er hatte kein Geld mehr. Eine einfache Geschichte. Muss es denn immer gleich Mord sein? Ich für meinen Teil habe gar nichts gesehen und so wird es allen Lehrkräften hier gehen. Was weiß ich denn schon, was diesen Kerl angetrieben hat, hier plötzlich aufzutauchen. Vielleicht hatte er einen Kumpan dabei und wollte etwas stehlen. Sie müssen wissen, mein Lehrfach Geografie ist nicht nur eine faszinierende Wissenschaft über das Gesicht unserer Erde. Es ist viel mehr. Man bekommt auch Einblicke in die Menschheit und ihr Leben auf dieser Erde. Ich für meinen Teil wollte eigentlich Psychologie studieren. Ich kenne mich etwas aus. Ja, und sehen Sie eine unserer Lehrerinnen hier ...»

Das war zu viel für den armen Inspector, den Barrington mit offenem Mund starr stehen sah.

«Bitte gehen Sie, wenn Sie nichts weiter zum Geschehen beitragen können!»

Miss Green stand auf und ging zur Tür. Nun konnte Barrington die Dame nochmals sehen. Sie sah streng aus. Ihre Lippen waren dünn, vielleicht vom vielen zusammenpressen. Sie trug eine Brille mit runden Gläsern, die sie nun zurechtrückte, und nickte den Polizisten im Raum zu. Dann öffnete sie die Tür und verschwand hoch erhobenen Hauptes.

Das ist ja eine tolle Befragung, dachte Barrington. *Der Inspector hätte die Lehrerin ausreden lassen sollen. Sie wollte doch irgendetwas von einer anderen Lehrerin berichten. Es kann nicht schlimmer werden.* Damit sollte er sich täuschen.

Miss Green hatte die Tür offengelassen und nun erschien der Besen.

Barrington sah auf seine Taschenuhr. Hoffentlich vermisste ihn noch niemand im Haus und suchte nach ihm.

«Elizabeth Portsmith, Geschichte und Latein», las der Sergeant vor.

«Haben Sie irgendetwas Wichtiges zu sagen? Etwas, was dem Fortgang der Ermittlungen zuträglich wäre. Wenn nicht, können Sie gehen. Ich weiß schon, Sie waren früh zu Bett gegangen und durch den Schrei des Mädchens aufgewacht», sagte Peters und ließ sich auf seinen Stuhl fallen. Damit konnte ihn Barrington nicht mehr sehen und öffnete das Bild wieder etwas mehr.

Die Lehrerin war übermäßig groß und schlank, fast mager zu bezeichnen. Sie nahm Platz. Barrington hörte die Stuhlbeine über das Parkett schurren.

«Mein Name ist Elizabeth Portsmith, ich komme aus Wales, mein Vater hatte einen hohen Posten in der Armee Ihrer Majestät inne. Ich bin es gewohnt, meine Aussagen ordnungsgemäß abzuliefern. Und natürlich habe ich etwas Wichtiges zu sagen», sagte die Lehrerin. Barrington hörte, dass sie wohl etwas aus ihrer Kostümjackentasche nahm und auf den Tisch legte. Denn der Inspector fragte danach.

«Was ist das?»

«Das, Sir, sind Briefe von meinem George, den man auf so schändliche Weise aus dem Leben und von meiner Seite gerissen hat. Als ich an jenem Abend dazukam und diese furchtbare Szene erfasst habe, war mir, als würde meine Welt zu Bruch gehen.»

«Sie haben sich über den Leichnam geworfen, hat man mir berichtet», sagte der Inspector.

«Nun, ich hatte für einen kurzen Moment meine Contenance verloren. Verständlich, nicht wahr?» Sie räusperte sich.

Barrington hörte Papier knistern. Sicher öffnete Peters in diesem Moment die Briefe und sah sie sich an. Er hörte ein kurzes Husten von ihm.

«Diese Briefe sind von Mr Edwards? Von dem Mann, der tot in der Halle gelegen hat?»

«Sie sehen doch die Unterschrift. Ich war seine Pussy. Er hat mich geliebt. Nur noch ein paar Tage und ich hätte ihn in Land's End getroffen. Wir wollten neu anfangen. Ich bin sicher, dass er es nicht erwarten konnte und mich an jenem Abend gesucht hat. Er muss auf irgendeinen eifersüchtigen Teufel gestoßen sein, der ihn umbrachte!», rief die Lehrerin und war dabei immer lauter geworden.

«Diese Briefe müssen wir hierbehalten. Sie bekommen sie natürlich zurück», erklärte Peevish.

«Diese Schule ist schlecht, Inspector. Ich weiß es, ich bin schon sehr lange hier. Seit fünfzehn Jahren versuche ich, verwöhnten Gören etwas beizubringen. Nutzlos. Wenn ich diese Einrichtung leiten würde, würden Zucht und Ordnung hier herrschen. Das können Sie mir glauben. Dieses verweichlichte Umgehen mit den verzogenen Mädchen führt nur zu Arroganz und Ungehorsam.»

Barrington war überzeugt, die Frau glaubte an das, was sie sagte, so grau und streng, wie diese Lehrerin wirkte. Im Prinzip war sie bereits Teil des Inventars. Vielleicht würde sie sich eines Tages in einen grauen Schreibtisch verwandeln, nur noch in der Ecke stehen und ab und zu knarzen, wenn ein Holzwurm versuchte, an ihrer Substanz zu knabbern. Armer Holzwurm. Der tat Barrington jetzt schon leid.

«Verdammte Fantasie», flüsterte er in seinem Versteck und schüttelte sich, um das Bild von einem Holzwurm mit dem Gesicht der Portsmith aus dem Kopf zu bekommen.

«Ich könnte Ihnen Dinge erzählen, aber ich bin ja sehr verschwiegen», sagte sie in diesem Moment. Davon war Barrington nun wieder nicht überzeugt. Verschwiegenheit sah anders aus.

«Was zum Beispiel?», fragte Peters.

«Nun, ich tratsche ja nicht.»

«Natürlich nicht!», sagten Sergeant und Inspector gleichzeitig.

«Miss Graham, die Rektorin. Sie verschwindet an jedem Ende des Monats für eine ganze Nacht und erzählt niemandem, wohin sie geht. Lässt sich mit einem Wagen abholen. Ein dunkler Wagen mit einem Chauffeur. Ein sehr junger Chauffeur. Verstehen Sie? Und dann ist da noch die unscheinbare Miss Cooper. Wussten Sie, dass sie nur diese nichtssagenden Kleider in ihrer Freizeit trägt, um nicht aufzufallen? Sicher hat sie mehr zu verheimlichen, als sie zugeben will. Angeblich ist sie bei einem Onkel aufgewachsen, der ganz plötzlich in der Blüte seiner Jahre verstorben ist. Merken Sie etwas? Ganz plötzlich! Sie hat etwas Geld geerbt. Warum arbeitet sie dann hier an einer Schule mitten im Wald, wenn sie sich nicht verstecken will? Sie wissen sicher, was ich damit meine?»

«Eigentlich nicht», sagten beide Polizisten.

«Miss Morning färbt ihr Haar. Das ist ein schlimmes Vorbild für unsere Mädchen. Man sollte Färbemittel verbieten.»

«Auf jeden Fall», sagten die Polizisten gemeinsam.

«Und dann diese bunten Blusen unter dem grauen Kostüm. Wie exzentrisch. Als ich sie auf die Unmöglichkeit ihres Bekleidungsstils hingewiesen habe, meinte sie, sie wolle etwas Farbe in den Schulalltag der Kinder bringen. Was für eine dumme Idee. Und diese Miss McGray weint ständig wegen irgendetwas. Sie scheint die gesamte Last der Welt auf ihren Schultern zu tragen. Neulich heulte sie los, als eine tote Maus auf dem Vorplatz lag. Hätte noch gefehlt, dass sie einen Begräbniskranz für das Tier bastelt. Was für eine Heulsuse.» Die Dame lachte laut. Dann begann sie plötzlich weinerlich zu klingen.

«Irgendjemand aus dieser Schule hat meinen armen Liebling umgebracht. Haben Sie schon mit dem Gärtner gesprochen? Sehr suspekt, dieser Mann. Über ihn weiß ich leider nicht viel zu sagen. Er hat ja sein Gartenhaus, in dem er wohnt. Unangenehmer Mensch. Er tut immer so, als würde er besser Latein sprechen als ich, eine studierte Lateinerin. Dass ich nicht lache.»

123

«War es das? Wenn Ihnen noch etwas einfällt, sollten Sie sich bei uns melden. Wen haben wir als Nächsten zu Gast?», fragte der Inspector schnell. Endlich hatte mal jemand viel zu sagen gehabt, aber bei der Lösung des Falls hatte das wohl nicht geholfen.

Die Dame verließ die Bibliothek.

«Ich muss die anderen Zeugen noch holen, Sir», sagte der junge Polizist, der bis jetzt an der Tafel gestanden und geschrieben hatte. «Die Köchin und der Gärtner haben erst am Nachmittag Zeit und Miss Graham meinte, Sie mögen zu ihr kommen, wenn Sie etwas wollen. Der Sekretär Mr Shole ist mir bis jetzt immer irgendwie entkommen.» Er räusperte sich. «Ich werde ihn erneut suchen, Sir.»

«Lassen Sie den Kerl vorerst. Ich habe ihn gesehen und von Miss Graham gehört, dass er zu der Zeit des Mordes wie ein Baby geschlafen hat. Seine Aussage können wir später aufnehmen. Gut, dann Tee. Ich brauche eine Pause», sagte Peters und erhob sich. Würde er die Briefe einstecken oder in der Bibliothek belassen? Das war die Frage, die sich Barrington stellte. Er bekam sofort die Antwort.

«Ich sehe mir die Briefe nochmals genauer in der Küche an. Kommen Sie, Peevish. Wir können dann auch gleich mit der Köchin reden.»

Verdammt, dachte Barrington. Er musste die Schriftstücke unbedingt sehen. Irgendwie erschien es ihm seltsam, dass der ehemalige Sekretär mit einer Frau wie dem Besen korrespondiert haben sollte. Das passte nicht ins Bild. Klar war der Mann einem Liebesabenteuer wohl nicht abgeneigt gewesen. Das hatte Barrington von dem Gärtner erfahren. Aber der Besen?

Barrington beobachtete den Inspector, der nun aus der Tür ging. Er hatte sich aus einem Etui eine seiner Zigarren gegriffen und in den Mund gesteckt. Angezündet hatte er sie noch nicht. Peevish folgte ihm.

«Winter, Sie können später weiterschreiben», rief der Sergeant dem jungen Polizisten zu. Der atmete hörbar auf, weil er endlich eine Zeit lang von dieser Tafel wegkommen konnte.

Die Tür fiel ins Schloss und Barrington freute sich, allein zurückzubleiben.

Barrington wartete, bis er sicher sein konnte, dass die drei Polizisten auf dem Weg in die Küche waren. Dann öffnete er das Bild vollständig und stieg auf die Galerie hinaus. Sorgfältig verschloss er die Tür hinter sich. Dieses Geheimnis musste er für die drei Musketiere bewahren. Es wäre ein Vertrauensbruch, wenn er es verraten würde. Einen kurzen Schreck bescherte ihm das Bild auf der anderen Seite. Es stellte eine Dame in einem rosa Krinolinenkleid dar. Aber viel ansehnlicher als der Duke im Flur war sie auch nicht. Entweder war es eine Verwandte oder seine Ehefrau gewesen. Die Ähnlichkeit war frappierend.

Er ging zu der Wendeltreppe und blickte vorsichtig nach unten. Die Bibliothek war leer. Er stieg hinab und sah sich die Tafel an. Das ergab nicht viel Neues für ihn. Dort waren nur die Bewohner der Schule aufgeführt mit ihren Funktionen im Haus.

Die Tür zur Bibliothek wurde geöffnet. Barrington fühlte sich ertappt. Es war die Rektorin.

«Mr Brandon! Was machen Sie denn in unserer Bibliothek? Shole hat sie gesucht. Mark Young hat angerufen. Er bringt Ihren Wagen heute Abend vorbei.»

«Ich wollte mir ein Buch nehmen, um etwas zu lesen. Sie haben doch nichts dagegen, Miss Graham?» Barrington hatte sich schnell etwas Unverfängliches einfallen lassen und ohne hinzusehen nach dem ersten Buch gegriffen, das ihm in dem Regal, vor dem er stand, in die Hand gerutscht war.

«Das ist sehr schön. Gut, dass tagsüber die Bibliothek nicht verschlossen wird. Dieser Polizist hat tatsächlich einen Schlüssel verlangt. Ich habe ihm aber erklärt, dass immer einmal eine der Lehrerinnen die Bibliothek betreten muss. Ich verschließe sie erst abends, wenn die Polizei gegangen ist. Das war ein hartes Stück Arbeit, diesen Peters davon zu überzeugen. Haben Sie etwas gefunden, das Ihnen zusagt? Zeigen Sie einmal.» Miss Graham nahm ihm das Buch aus der Hand und sah sich den Titel an.

«Oh! Wie überaus interessant. Sie interessieren sich für den Bau eines Luftschiffes? Ich hätte Sie gar nicht als technisch interessierten Luftschiffkapitän eingeschätzt. Und da konnten Sie Ihr Auto nicht selbst reparieren? Jedem das Seine, nicht wahr.» Sie gab ihm das Buch zurück.

Barrington sah auf den Titel seines selbst gewählten Buches: Der praktische Luftschiffer. Eine geschichtliche und technische Übersicht über den

Stand der Luftschifffahrt und eine Entwicklung ihrer physikalischen und technischen Bedingungen. Von Dr. R. Wegner von Dallwitz. Da hatte er aber gewaltig danebengegriffen.

«Allerdings ist das nicht das neueste Werk. Es stammt aus dem Jahre neunzehnhundertneun», sagte die Rektorin. «Ich hingegen benötige den dritten Band des schottischen Rechtssystems. Wir sehen uns, Mr Brandon.» Sie ging zu einem der hinteren Regale und begann nach dem Buch zu suchen.

Barrington verließ schnellstens die Bibliothek, sein wahnsinnig interessantes Buch fest im Griff. Er würde es am Abend zurückstellen. Vielleicht bekam er dann die Möglichkeit, die Briefe des Besens zu sehen. Aber da der Inspector nicht über Nacht in der Schule blieb, könnte es natürlich möglich sein, dass er die Briefe als Beweisstück mit sich nahm. Es sei denn, er erkannte ihre Banalität und dass sie zur Aufklärung des Mordes nichts beizutragen hätten. Das blieb abzuwarten.

Natürlich hätte er Miss Graham nach ihren seltsamen monatlichen Ausflügen fragen können, die der Besen erwähnt hatte. Aber woher sollte er das wissen? Außerdem hielt Barrington diese Tatsache für den Mordfall nicht relevant. Sicher hatte es einen ganz banalen Grund. Wenn ein Chauffeur die Dame abholte, fuhr sie vielleicht einmal im Monat zu einer Sitzung des Aufsichtsgremiums für das Internat.

Ganz simpel gedacht.

Ermittlungen und ein Glas Milch

Der Abend kam und damit Barringtons Wagen. Mark fuhr auf den Vorplatz und bremste hart auf dem Kies. Er stieg aus, schloss die Tür und strich mit seiner linken Hand zärtlich über das Autodach des alten Kleintransporters.

«Guter Junge», sagte er leise und sein strahlender Blick tanzte über die Formen des Wagens. Er lächelte und rieb seinen grauen Bart.

Barrington hatte ihn schon erwartet und trat aus der offenen Tür des Schulgebäudes.

«War er denn artig? Ich hoffe, ich muss mich nicht für ihn entschuldigen», sagte er und kommentierte damit die Aussage des Mannes.

Mark drückte ihm den Autoschlüssel in die Hand.

«Alles wieder tipptopp, *buddy*. Ist ein guter Wagen. Der wird dich noch eine ganze Weile sicher von A nach B bringen. Ich habe auch nach dem Öl geschaut und den Reifendruck geprüft. Hoffe, du warst einverstanden.»

«Danke. Ich bin sehr froh, wenn ich wieder nach Hause fahren darf. Wie viel bekommst du?»

Mark gab ihm die Rechnung, Barrington zahlte und war zufrieden, genug Bargeld dabeizuhaben.

«Dann komm gut nach Hause», sagte Mark.

«Das kann sich noch etwas hinziehen. Ich darf laut Polizei den Ort nicht verlassen. Die Ermittlungen dauern an. Aber wie kommst du denn jetzt nach Hause? Ich fahre dich sehr gern.»

Mark winkte ab. Seine Augen bekamen Lachfältchen.

«Ich werde gleich abgeholt. Du wirst staunen.»

Wie zur Unterstützung seiner Worte hörte man ein lautes Motorengeräusch von der Zufahrtsstraße zur Schule näher kommen. Ein großes schwarzes Motorrad kam in unglaublichem Tempo über die Straße gesaust und bremste vor den beiden scharf ab. Der Mann auf dem Vordersitz entpuppte sich als Frau, die, als sie ihren Motorradhelm abgenommen hatte, ihr blondes langes Haar schüttelte und in Ordnung zupfte.

«Du sollst nicht so rasen, Darling!», schimpfte Mark. «Das ist meine Frau, Catriona», fügte er in milderem Tonfall hinzu.

«Und das ist eine *Golden Flash*, wenn ich mich nicht irre», murmelte Barrington und näherte sich vorsichtig der wunderschönen Maschine. So als wolle er sie nicht erschrecken.

«Das ist richtig», sagte Mark stolz.

Barrington umrundete das glänzende Motorrad. «Was für eine Maschine.»

Catriona war abgestiegen und hatte es aufge-

129

bockt. Nun stand sie mit verschränkten Armen vor den beiden Herren und sah ihnen zu.

«Hallo! Ich bin auch noch da! Niemand sagt etwas darüber, dass ich in unserer Gegend die beste Fahrerin bin. Männer! Ich fasse es nicht.»

«Entschuldigung. Das war sehr unhöflich von mir. Aber es ist so eine Schönheit! Du natürlich auch, Catriona», fügte Barrington schnell noch hinzu. Mark räusperte sich und machte ein finsteres Gesicht. Dann machte er einen Schritt auf Barrington zu. Das sah bedrohlich aus.

«Ich meine das natürlich voller Respekt. Ich meine, Mark ... äh, das hatte ich anders gemeint. Ich wollte nicht deine Frau als schön bezeichnen, eigentlich wollte ich das doch. Aber ...» Barrington hatte sich vollkommen verheddert. Mark begann unkontrolliert zu lachen. Da hatte er wohl wieder jemanden hinters Licht geführt. Das liebte er so sehr. Catriona schüttelte den Kopf über ihren Mann. Mark schlug Barrington auf die Schulter.

«Wir müssen los. Alles Gute, *buddy*, komm gut nach Hause. Wir beginnen heute eine lange Biketour durch die Highlands. Also mach dein Auto nicht wieder kaputt.» Mark stieg hinter seiner Frau auf das Motorrad, Catriona ließ die Maschine aufbrüllen und weg waren die beiden. Marks Lachen war noch, trotz des Lärms durch das Motorrad, bis hinter die Auffahrt zur Schule zu hören. Was für ein außergewöhnliches Paar.

Dinnerzeit.

Barrington half, wie bereits am Morgen, beim

Auftragen der Speisen für die Schülerinnen, die schwatzend und lachend den Speisesaal füllten. Madelaine schlenderte zu Barrington, der in diesem Moment Schüsseln mit verschiedenem Gemüse aus dem Speisenaufzug nahm. Sie stellte sich neben ihn.

«Keine neuen Erkenntnisse, Barrington. Hast du den Geheimgang entdeckt?», flüsterte sie ihm zu und griff dabei zu einer der Schüsseln. Das war wohl zur Ablenkung gedacht, aber da heute Abend Miss Graham die Aufsicht hatte, bemerkte sie es sofort.

«Madelaine, auf deinen Platz. Du musst nicht behilflich sein. Das übernehme ich heute», sagte die Rektorin und wedelte das Mädchen mit ihrer Hand in Richtung ihres Sitzplatzes. Madelaine stöhnte.

«Ja, Miss Graham. Ich dachte nur, weil die beiden P's schon gegangen sind und heute ihr freier Abend ist, dass ich unserem Gast helfen sollte.»

Die Rektorin wedelte weiter und ging dann zu Barrington hinüber. Der stellte nun Schüsseln mit Kartoffeln auf das Büfett.

«Dieses Mädchen. So neugierig. Aber ich finde, es kann sich für ihren weiteren Lebensweg nur aus-zahlen, wenn sie so ist. Eben ein aufgeweckter Geist. Das ist mir lieber als eine Schlafmütze. Oder, Mr Brandon?»

«Da bin ich Ihrer Meinung, Miss», sagte Barrington und zwinkerte Madelaine und den anderen Musketieren heimlich zu. Kichern war das Ergebnis.

Nachdem alle Schüsseln bereitstanden, klatschte Miss Graham in die Hände.

«Hurtig, hurtig, Kinder. Jetzt wird gegessen!»

131

Die Mädchen standen auf und stellten sich brav in einer Reihe auf. Jedes nahm sich einen Teller und tat sich Essen auf. Der ein oder andere maulende Kommentar kam dazu.

«Schon wieder Erbsen und Bohnen.»

«Immer die gleichen Würste ... igitt.»

Das ging so lange, bis Miss Graham wiederum in die Hände klatschte.

«Junge Damen maulen nicht über das Essen. Habt ihr nichts in Konversation gelernt? Sucht euch andere Themen. Ich will nichts mehr über das Speisenangebot hören. Wenn man keine interessanten Beiträge zur Verfügung hat, kann man auch ausufernd über das Wetter philosophieren.»

Sie ging zwischen den Reihen hindurch, schob dort eine Krawatte zurecht und korrigierte hier die Haltung eines Mädchens. «Gerade sitzen, Marleen. Was würde deine liebe Mutter sagen, wenn du wie ein krummes Fragezeichen zu Hause am Esstisch sitzt? Sie sind junge Damen. Benehmen Sie sich auch so.»

Barrington hatte die Szene lächelnd beobachtet.

Bin ich froh, dass ich nicht mehr zur Schule gehen muss, dachte er sich. Dann ging er zurück in die Küche, um selbst etwas zu essen.

Inspector Peters und seine Polizeikollegen hatten die Schule verlassen. Sie würden am nächsten Tag zurück sein und ihre Vernehmungen fortsetzen. Miss Graham hatte tief geseufzt und anschließend hatte ihr Sekretär die Sache ausbaden müssen. Sie hatte sich die letzten Schriftstücke angesehen und fast jeden zweiten Satz bemängelt. Er solle es nochmals abtippen und sorgfältiger sein.

Shole hatte gemault. Miss Graham hatte nur ernst geschaut und er war verstummt.

Nach dem Essen wollte Barrington in der Bibliothek nachsehen, ob die Briefe zurückgelassen worden waren. Der Raum war nach einer Absprache mit der Rektorin natürlich bis zum nächsten Tag verschlossen worden, um die bisherigen Erkenntnisse nicht zu gefährden. Barrington konnte sich allerdings nicht vorstellen, dass der Inspector bereits einen Verdächtigen ausgemacht hatte. Dementsprechend finster war dessen Miene gewesen, als er auf dem Vorplatz in den Polizeiwagen gestiegen war, wiederum mit einer nicht angezündeten Zigarre im Mundwinkel.

In dieser Schule gingen die Schülerinnen üblicherweise nach dem Abendessen in ihre Zimmer, um Hausaufgaben zu erledigen, oder in die Bibliothek. Doch diese war nun leider geschlossen.

An manchen Abenden trafen sich die Mädchen auch im Tanzsaal des Erdgeschosses, hörten Musik, brachten sich die neuesten Tänze bei oder schwatzten über Filme und ausgesprochen gutaussehende Schauspieler oder Sänger. Miss Graham hatte es erlaubt. Freizeit wurde von ihr genauso hoch eingeschätzt wie die Zeit des Lernens. Und für die Kinder war es die beste Zeit des Tages, da keine Aufsichtsperson dabei sein musste, die sie unter Beobachtung hatte.

Die Lehrerinnen begaben sich zum Abend meistens in das Lehrerzimmer, das sich gegenüber der Bibliothek in der ersten Etage befand. Es handelte sich hierbei um einen gemütlich ausgestatteten Salon mit Sesseln, Sofas, einem Kamin und vor allem einem Radioapparat. Gerade wenn es draußen vor den Fenstern stürmte, war das für die Damen der beliebteste Raum im Haus.

So konnten sich die Lehrerinnen an den Abenden bei der bekannten und beliebten Radiosendung der BBC *Desert Islands Discs* wunderbar entspannen. Für Miss Portsmith, die sich an diesen Abenden früh verabschiedete, war das erneut Grund, sich bei der Rektorin über die immer mehr verkommenden Sitten innerhalb der Schule zu beschweren. Da Miss Graham aber diese Sendung mit ihren interessanten Interviews berühmter Persönlichkeiten und der neuesten Musik ebenfalls liebte, kam diese Kritik nicht auf die Tagesordnung der wöchentlichen Sitzungen.

Die Köchin und der Gärtner saßen an den Abenden gern zusammen in der warmen Küche und schwatzten über vergangene vermeintlich bessere Zeiten.

Wie Barrington von Madelaine erfahren hatte, waren die beiden P's heute früh gegangen. Sie hatten ihren freien Abend.

Robert Shole saß an diesem Abend lange in seinem Büro, tippte Briefe noch einmal ab, beklagte sich in Gedanken und leise murmelnd bitterlich über sein furchtbares Schicksal und tröpfelte sich zehnminütlich entweder Augen-, Nasen- oder Ohrentropfen in die jeweilige Körperöffnung. Zum Glück hatte er die Tropfen noch niemals verwechselt.

Barrington hatte die Einladung der Köchin zum abendlichen Tratsch vorerst mit der Begründung abgelehnt, ein paar Wäschestücke auswaschen zu müssen. Er hatte wirklich nicht genug Wechselsachen dabei, hatte aber bereits am Nachmittag die Wäsche erledigt.

Vorsichtig betrat er die Eingangshalle. Aus dem Tanzsaal zur Linken erklangen Musik und Lachen. Barrington schmunzelte. Gut, dass sich die Kinder nicht unterkriegen ließen.

Er ging zur Treppe und möglichst leisen Schrittes in die erste Etage hinauf. Es war still auf der Galerie und in den Gängen. Also ging er über die Treppe in die zweite Etage. Irgendwo schlug eine Tür zu. Es schien ihm, als wäre das Geräusch über ihm gewesen. Vielleicht eines der Mädchen, das in seinem Zimmer noch gelernt hatte.

Barrington ging zum Gemälde des greisen Dukes of Abernathy, zog die versteckte Tür auf, stieg in den geheimen Gang und zog das Gemälde zurück an seinen Platz. Es waren nur ein paar Sekunden vergangen und im Flur war nichts mehr von seinem ungenehmigten Ausflug zu sehen.

Die Bibliothek lag im fahlen Schein des Mondlichtes. Barrington stieg aus dem nächsten Gemälde, ging über die Galerie zur Wendeltreppe und hoffte, dass die Stufen der Metalltreppe nicht quietschen würden. Zum Glück war die Treppe sicher und lautlos. Miss Graham hatte ihre Internatsschule gut im Griff. Das musste ihr Barrington zugestehen.

Durch den Mond, der hell am Himmel stand, konnte er sich ganz ordentlich im Raum orientieren. Trotzdem wäre er fast mit der aufgestellten Wandtafel kollidiert. Das war eine Schrecksekunde für ihn.

Zuerst stellte er einmal dieses unsägliche Buch über den Bau eines Luftschiffes zurück an seinen Platz. Er hatte einen kurzen Blick hineingeworfen und wäre fast eingeschlafen.

Er ging zu dem Tisch hinüber, an dem der Inspector die Zeugen befragt hatte, und sah sich dort nach den Briefen um. Da lagen sie. Er konnte sein Glück kaum fassen. Was würde sein Freund Rick sagen? Alles fügt sich.

Aber an eine Sache hatte er nicht gedacht. Er hatte keine Handschuhe dabei. Wenn er die Briefe berühren würde, könnten Fingerabdrücke darauf sein, die eventuell bei einer späteren Untersuchung gefunden wurden. Konnte man eigentlich auf Papier Fingerabdrücke nachweisen? Er war sich nicht sicher. Das müsste er unbedingt einmal herausbekommen.

Er sah sich um, fand aber nichts Passendes. Schließlich griff er in seine Hosentasche und zog sein Taschentuch heraus. Mit großer Mühe zog er damit den Brief aus dem ersten Umschlag und entfaltete ihn. Um besser lesen zu können, ging er zu einem der großen Fenster, die sich an einer Seite der Bibliothek befanden.

Barrington las.

Liebste Pussy ... Pussy?, dachte er. *Damit soll der Besen Portsmith gemeint sein?* Er las weiter.

Liebste Pussy,
wie trostlos ist es hier ohne dich.
Leider reagiert der Markt nach wie vor instabil. Es ist zum Verzweifeln, aber ich kann noch nicht

kommen, um meine liebe Pussy in den Armen zu halten. Mein Chef hat mir die Lohnerhöhung nicht bewilligt. Was soll man da machen?

Ich bin sehr ungeduldig. Ich muss dich ganz schnell wiedersehen. Wenn ich doch nur einige Geldmittel hätte, um wenigstens kurz dein liebes Gesicht sehen zu können. Tanzen gehen will ich mit dir. Ich vermisse den Duft deines wunderschönen Haars, den Glanz deiner grünen Augen. ...

Grüne Augen? Seit wann hatte die Dame grüne Augen? Barrington, der die Angewohnheit hatte, kleinste Details sofort zu sehen und zu speichern, erinnerte sich sofort. Der Besen hatte braune Augen. Ganz klar. Seltsam. Ein wahrer Liebhaber kannte doch die Farbe der Augen seiner Angebeteten. Maureens Augen waren grün. Wie ein See in den Highlands. Er seufzte und las weiter.

Warum setzt du dich nicht in den Zug und kommst zu mir? Wir treffen uns in Land's End. Was meinst du? Komm ganz schnell zu mir.

Sei umarmt und geküsst.

Dein George.

Vorsichtig steckte er den Brief zurück in den Umschlag. Er sah auf das Datum des Stempels. Der Brief war vor etwa einer Woche gekommen. Und noch ein Detail fiel Barrington auf. Der Brief war im Nachbarort Wolton aufgegeben worden. Wieso war der Mann nicht sofort zur Schule gekommen, wenn er seine Angebetete so vermisst hatte? Und warum Land's End? Das war am entgegengesetzten Ende Großbritanniens. Weshalb hatte er gewartet, um sich dann irgendwann nachts heimlich in die

Schule zu schleichen? Das ergab überhaupt keinen Sinn. Er steckte den Brief zurück in den Umschlag, ging zum Tisch und nahm den nächsten Brief. Insgesamt waren es nur zwei. Es waren fast genau die gleichen Worte enthalten. Er betonte seine Liebe besonders und bat sie inständig, zu kommen.

Der Brief war einen Tag bevor der ehemalige Sekretär tot in der Eingangshalle gelegen hatte, in Wolton abgestempelt worden.

Er sah den Besen vor sich. Da passte etwas nicht zusammen. War es dem Inspector aufgefallen? Hatte er deshalb die Briefe so unbekümmert auf dem Tisch liegen lassen? Auch die Schrift war seltsam. Das Schriftbild wirkte nicht flüssig. Für einen ausgebildeten Sekretär war Schriftverkehr doch sicher eine normale Angelegenheit.

Hatten noch andere Lehrerinnen Briefe von Edwards erhalten? Das galt es herauszubekommen. Aber wie sollte er das anstellen? Die Zimmer der Lehrerinnen befanden sich in der dritten Etage. Hier waren auch die meisten Mädchen untergebracht. Ein paar von ihnen auch in der Zweiten. Miss Graham hatte eine größere Wohnung in der ersten Etage neben ihren Büroräumen. Irgendwie konnte er sich nicht vorstellen, dass die Leiterin dieser Internatsschule Liebesbriefe von ihrem ehemaligen Sekretär bekommen hatte. Vor allem nicht, wenn man bedachte, dass Miss Graham mit ihm nicht zufrieden gewesen war. So in etwa hatte es der Gärtner ausgedrückt. Er müsste in einem der Zimmer der Lehrerinnen suchen. Aber welches Zimmer? Und wo waren die Damen im Moment?

Er legte die Briefe zurück auf den Tisch, versuchte sie so zu platzieren, wie er sie vorgefunden hatte, und ging über die Treppe zur Galerie hinauf.

Durch den greisen Duke zurück in den Flur und dann hinunter in die erste Etage. Er lief durch den Flur zur Rechten zum Salon. Aus dem Raum waren Stimmen zu hören. Er sah sich kurz um. Da niemand zu sehen und zu hören war, hielt er sein Ohr an das Holz der Tür. Er erkannte die Stimme des Besens. Miss Portsmith machte sich über irgendjemanden lustig. Sie lachte. Dann hörte er eine andere Dame antworten und Stimmengewirr. Miss Graham schien sehr verärgert über den Streit und maßregelte mit lauter Stimme die Damen im Raum. Barrington konnte jedes Wort verstehen.

«Was ist denn das für ein Benehmen, meine Damen? Sie sollten Vorbild sein für unsere Schülerinnen. Ich bin entsetzt über Ihre Ausdrucksweise, Miss Portsmith. Miss McGray, das war unangebracht! Ich muss doch sehr bitten!»

Also befanden sich diese Lehrerinnen auf jeden Fall im Raum. Wie sollte er aber das Zimmer der Damen ausfindig machen?

«Pst», sagte jemand. Hinter einer Ecke erschienen die drei Musketiere. Sie winkten ihm, zu ihnen zu kommen. Diese Kinder konnten sich wirklich vollkommen lautlos im Haus bewegen. Barrington hatte die drei nicht kommen hören.

«Gut, dass ich euch treffe. Wo befindet sich das Zimmer von Miss McGray?»

Die drei Mädchen sahen sich an.

«Wollen Sie einbrechen?», fragte Brit leise.

«Das würde ich lieber sein lassen, Barrington», erklärte Carrie und ihr rechtes Auge begann zu zucken. «Laut Strafrecht würde man Sie mit ...»

«Angsthase. Wir wissen ja, dass du Advocate werden willst», sagte Madelaine leise. «Zimmer 3-12. Wir kommen mit.»

«Kommt nicht infrage, ihr bleibt schön hier. Geht tanzen oder lesen oder was junge Mädchen abends so tun. Ich will nicht, dass ihr euch in Gefahr begebt. Wenn ich erwischt werde, bin ich dran, ein Fremder im Haus. Bin es gewöhnt, erwischt zu werden. Na los, ab mit euch», sagte Barrington und wedelte die drei weg. Sie maulten. Machten sich dann aber auf den Weg. Barrington wartete, bis er sicher sein konnte, dass sie ihm nicht folgten. Dann stieg er zur dritten Etage hinauf.

Hier oben war es ebenfalls sehr ruhig. Fast alle Mädchen waren wahrscheinlich im Moment im Tanzsaal und die Lehrerinnen hoffentlich zusammen im Salon. Eine Tür wurde laut zugeknallt und er vernahm schnelle Schritte auf dem Parkett. Einen Moment hielt er inne und horchte angestrengt. Es musste jemand den Salon verlassen haben. Die Person entfernte sich in Richtung Erdgeschoss. Barrington atmete auf und machte sich an die Arbeit.

Mithilfe seiner Dietriche war die Tür kein Problem. Er machte kein Licht. Jemand könnte es auf dem Flur bemerken. Er durchquerte den Raum und sah zuerst im Schreibtisch nach, der vor dem Fenster stand. Nichts Aufregendes. Schulhefte, Stifte, Dokumente über Schulausflüge.

Im Nachtschrank neben dem Bett wurde er

140

fündig.

Ein Packen Briefe, mit einer roten Schnur ordentlich verschnürt, lag im obersten Fach. Edwards war schlau gewesen. Auf keinem der Briefe hatte er seinen Absender vermerkt. Alles war postlagernd irgendwo in London.

Barrington ging zum Fenster, zog vorsichtig den obersten Brief unter der Schnur hervor. Das dauerte eine Minute. Sein Taschentuch verhinderte wiederum unwillkommene Fingerabdrücke.

Liebste Gina,
wie trostlos ist es hier ohne dich.
Leider reagiert der Markt nach wie vor instabil. Es ist zum Verzweifeln, ... Geduld? Wie kann ich geduldig sein, wenn ich dich nicht wiedersehe? Wenn ich doch nur einige Geldmittel hätte, um wenigstens kurz dein liebes Gesicht sehen zu können. Aber das ist uns beiden wohl nicht vergönnt.
Melde dich baldigst bei deinem Liebsten.
Sei umarmt und geküsst. ...

Es war eins zu eins der gleiche Wortlaut. Fast. Es gab einen gewaltigen Unterschied. Die eindringliche Aufforderung, nach Land's End zu kommen, fehlte vollkommen. Die Schrift war einen Tick sorgfältiger. Sehr eigenartig. Warum sollte der Mann ausgerechnet den Besen so eindringlich zu sich bitten? Und Edwards war so intelligent gewesen und hatte nicht offensichtlich nach Geld gefragt. Er hatte das sehr subtil bewerkstelligt. Sodass die Damenwelt am

141

Ende meinte, selbst auf die Idee gekommen zu sein, Gelder zu ihm zu senden. Raffiniert. Der Kerl hatte es draufgehabt.

Barrington legte die Briefe ordentlich zurück. Was hatte dieser Mann den Frauen hier im Internat nur angetan? Er hatte die Vermutung, dass Miss McGray nicht die einzige Bewohnerin des Hauses sein würde, die Briefe von Edwards bekommen hatte. Er hatte ein perfides Spiel mit den Herzen der Damen getrieben, um an Geldmittel zu kommen. Das war sein Eindruck. Ein Heiratsschwindler?

Damit hatte er ein astreines Motiv für den Mord an Edwards gefunden. Eine der Damen aus Crossbill-House könnte die Mörderin sein. Sie hatte eventuell erkannt, dass er mit allen Frauen des Hauses angebändelt hatte. Nichts war tödlicher als die Wut einer betrogenen Frau.

Wenn er jeder Lehrerin Briefe geschrieben hatte, passte dazu, dass Robert Shole Barrington berichtet hatte, dass in letzter Zeit plötzlich viele Briefe für die Lehrkräfte gekommen waren.

Für Miss Portsmith hatte Barrington eine andere Theorie. Ihm war sofort aufgefallen, dass der Schreibstil ähnlich, aber doch etwas anders gewesen war. Auch die Schrift war etwas unterschiedlich. Und er hegte einen Verdacht, den er sofort überprüfen konnte. Er machte sich auf den Weg ins Erdgeschoss.

Zu der Überprüfung seiner Theorie kam es aber nicht mehr. Ein vielstimmiger Schrei, aus der Eingangshalle kommend, brachte ihn dazu, wie um sein Leben zu laufen. Er hatte Angst um seine drei

Musketiere. Hatten sie etwas herausgefunden, ihm nicht gesagt und waren dem Mörder zu nah gekommen? Als er die erste Etage hinter sich ließ, kamen aus dem Salon ein paar Lehrerinnen gelaufen und folgten ihm nach unten. Miss Graham war ebenfalls dabei. Niemand bemerkte, dass Barrington hier oben eigentlich nichts zu suchen hatte.

In der Mitte der Halle lag Miss Portsmith, der Besen, und würde niemanden mehr ärgern. Neben ihrem Gesicht, in dem die Augen groß und staunend aufgerissen waren, lag eine zerbrochene Tasse, aus der sich Milch auf den Marmorboden ergossen hatte. Barrington näherte sich der Leiche und bemerkte, dass auf der Tasse das Bild eines hüpfenden Hahns gewesen war, der nun durch den Sturz seinen bunten Schwanz verloren hatte. Es roch nach Mandeln. Er ging noch etwas näher und schnüffelte. Der Geruch war nicht besonders stark.

Barrington sah auf die Leiche der Lehrerin. Keinerlei andere Verletzungen und nirgends war Blut zu sehen. Gift?

In einiger Entfernung standen seine drei Freundinnen, blass und aufgeregt um sich sehend. Carrie zitterte unkontrolliert. In der Tür zum Tanzsaal drängten sich Schülerinnen, die Hände vor die Münder haltend. Ängstlich blickend.

Aus dem Saal kam, unangebracht fröhlich, Tanzmusik, die ihren schnellen Beat durch die Halle schickte und dem Ganzen einen surrealen Unterton verpasste.

Barrington ging zu den drei Mädchen, sah sie entsetzt an und umarmte dann alle drei.

143

«Alles wird wieder gut. Ich kann mir denken, was ihr getan habt. Wir reden später darüber. Aber das hier ist nicht eure Schuld», flüsterte er ihnen zu.

Neben ihm erschien Miss Graham. Sie richtete ihr blasses Gesicht auf die Kinder und dann zu Barrington. «Was ist hier los?», fragte sie mit heiserer Stimme.

Inspector Peters kann es nicht fassen

Und wieder kam mit lautem penetrantem Geklingel ein Polizeiwagen auf den Vorplatz der Internatsschule Crossbill-House gefahren.

Inspector Peters und Sergeant Peevish stiegen aus und betraten den alten neuen Schauplatz eines Verbrechens.

«Das ist jetzt nicht euer Ernst!», rief der Inspector, knöpfte seinen Trenchcoat auf und sah auf die Tote hinunter. «Peevish, Spurensicherung und der ganze andere Kram. Rufen Sie alle nochmals hierher. Vielleicht sollten wir die Polizeidienststelle von Dunbar hier in die Schule verlegen. Können einfach hier sitzen und auf den nächsten Mord warten. Unfassbar! Potverdorie!» Er griff in seine Manteltasche, nahm ein Etui heraus, öffnete es und zog eine dicke braune Zigarre hervor. Er steckte sie in den Mund, zündete sie aber nicht an. Diese Vorgehensweise war Barrington schon ein paar Mal aufgefallen. Irgendwann musste er den Inspector danach fragen.

Nach gut einer Stunde waren alle Kräfte vor Ort und gingen erneut ihrer Arbeit nach. Die Schülerinnen waren auf ihren Zimmern und die Lehrerinnen in der Küche, um Tee zu trinken. Köchin und Gärtner waren ebenfalls dort.

Barrington stand mit dem Inspector in der Halle. Er sollte ihm von den Briefen erzählen, das würde aber auch bedeuten, seinen Einbruch in die Bibliothek und das Zimmer der Lehrerin zu erwähnen. Letztendlich würde auch der böse Streich seiner drei Musketiere herauskommen. Inzwischen war Barrington sicher, dass die drei Mädchen die Briefe an den Besen Portsmith verfasst hatten.

Ganz klar war ihm noch nicht, wie die Kinder das gemacht hatten. Schließlich glich ihr Text im Brief fast genau dem in den anderen Briefen. Woher hatten die Mädchen eine Vorlage gehabt? Das könnte gewaltigen Ärger bedeuten. Ein Verweis wäre da das Wenigste.

Und die kleine Carrie würde es besonders hart treffen. Sie würde im schlimmsten Fall das Stipendium verlieren und die Schule verlassen müssen. Barrington wollte die Mädchen beschützen und nicht verraten. Was also sollte er tun? Irgendwann würde herauskommen, dass es noch mehr Briefe von Edwards gegeben hatte und die Briefe an Miss Portsmith eine Fälschung waren. Der Inspector war ja auch nicht dumm. Er würde es erkennen.

«Darf ich Ihnen Feuer geben, Sir?», sagte Barrington und nahm sein Feuerzeug aus der Hosentasche.

«Ich rauche nicht», antwortete der Inspector und

146

kaute auf seiner Zigarre herum.

«Haben Sie bemerkt, dass in Ihrem Mund eine Zigarre steckt?»

«Ganz schön frech, mein Junge. Ich will es mir abgewöhnen, nehme das Feuerzeug nicht mehr mit und stecke einfach nur das Tabakding in den Mund. Bis jetzt hat es geklappt. Fast.» Er zwinkerte Barrington verschwörerisch zu. «Mrs Peters, verstehen Sie? Kennt gar keinen Spaß bei dem Thema.»

Barrington nickte.

Er fasste einen Entschluss. Der könnte ihn in gewaltige Schwierigkeiten bringen oder sogar ins Gefängnis. Er entschuldigte sich bei dem Inspector, um ein Bad aufzusuchen. Er ging in Richtung Küche, schlich an der offenen Tür vorbei und nahm die hintere Treppe nach oben. Er lief durch den Speisesaal der Schülerinnen und war in der ersten Etage. Dann ging er vorsichtig zu der großen Marmortreppe und weiter in die zweite Etage. Es fiel in dem ganzen Durcheinander nicht auf. Das hoffte Barrington jedenfalls.

Durch den greisen Duke in die Bibliothek, die Wendeltreppe hinab, die Briefe geschnappt, das ging alles sehr schnell. Er verließ die Gemäldetür gerade noch rechtzeitig. In der ersten Etage hörte er die Tür der Bibliothek klappen. Gerade noch mal gut gegangen. Was sollte er nun mit dem Diebesgut anstellen? Es kam ihm eine Idee, die ihn noch tiefer in Gefahr bringen könnte, in Handschellen abgeführt zu werden. In seinen Gedanken sah er sich bereits in einer dunklen feuchten Zelle verrotten. Ob Maureen ihm ab und zu einen Kuchen vorbeibringen würde?

Verdammte Fantasie, dachte er.

Inzwischen kannte er die Zimmernummer seiner drei Freundinnen. Sie hatten erwähnt, dass sie in Nummer 2-12 ein gemeinsames Zimmer hatten. Es waren nur ein paar Schritte dorthin. Barrington klopfte und Madelaine öffnete die Tür. Sie bemerkte die Briefe in Barringtons Hand. Sie wurde blass und ihr Auge zuckte nervös. Damit war ihm klar, dass seine Vermutung richtig gewesen war.

«Schnell! Wo wohnt, ich meine, wohnte die Portsmith?»

«3-16!», rief Brit aus dem Zimmer.

«Ihr bleibt hier und seid still», sagte er und lief in die dritte Etage hinauf. Er fand die Tür, öffnete sie mit seinem Dietrich und ging hinein. Ein kurzer Blick auf den Flur, niemand war dort. Er schloss die Tür mithilfe seines Taschentuchs hinter sich und sah sich um. Der Papierkorb war aus Metall und erschien ihm passend. Er warf die Briefe hinein, versuchte nichts zu berühren und zog sein Feuerzeug aus der Hosentasche. Ein Klicken und er hielt die Flamme an die Briefe. Sofort loderte ein kleines Feuer auf. Es ging zum Glück schnell und ohne viel Rauch. Trotzdem musste er husten.

Hoffentlich würde niemand etwas bemerken. Alle waren unten und der Moment günstig. Eine derartige Gelegenheit würde sich so schnell nicht wieder ergeben. Er hatte versucht, nichts anzufassen und keine Spuren zu hinterlassen. Als die Briefe zu Asche geworden waren, verließ er die Wohnung der toten Lehrerin und ging zurück zu den Mädchen. Er klopfte an Zimmer 2-12 und sofort öffnete Madelaine erneut. Die Mädchen wirkten verstört. Barrington betrat das Zimmer nicht. Wenn jemand kommen und ihn sehen würde, würde das keinen guten Eindruck hinterlassen. Er winkte den Mädchen, herauszukommen. Sie stellten sich in eine Fensternische.

«Jetzt hört ihr mir genau zu. Ich weiß, dass ihr der Portsmith die Briefe geschrieben habt, um sie von der Schule wegzulocken. Guter Plan, der nicht funktioniert hat. Könnte von mir und meinem Freund Rick gewesen sein. Nur so nebenbei.» Die Mädchen sahen beschämt zu Boden.

«Also, die Briefe sind weg, ihr werdet nichts mehr darüber verlauten lassen. Verstanden?» Die Kinder nickten.

«Ich habe sie zerstört. Die Beweise sind keine mehr. Zu den Ermittlungen hätten sie sowieso nichts beigetragen. Wenn man die Asche im Zimmer der Portsmith findet, nimmt die Polizei wahrscheinlich an, dass sie sich die Briefe selbst geholt und verbrannt hat. Vielleicht hatte sie plötzlich ein schlechtes Gefühl dabei, dass die Briefe an die Öffentlichkeit kommen, oder so etwas in der Art. Egal. Sie hätten euch aber Schaden zugefügt. Nur noch eine Frage, wie seid ihr darauf gekommen? Ihr habt doch sicher einen anderen Brief gesehen. Welchen und bei wem?»

Madelaine sah ihre beiden Freundinnen an. Sie nickten.

«Es war ein Zufall. Mr Shole hat die Post verteilt und Carrie, die jede Woche einen Brief von ihrer Mutter bekommt, hat durch Zufall plötzlich einen Brief an eine Lehrerin gehabt.»

«Durch Zufall also? Was für ein wunderbarer Zufall. Ihr seid vielleicht ein Trio.» Barrington musste trotz der Probleme lächeln.

«Jedenfalls war der Brief an eine Lehrerin gerichtet. Miss Green. Und dann haben wir das als Vorlage genommen, den Brief an Miss Portsmith geschrieben und wenn wir in Wolton waren, haben wir die Briefe aufgegeben. Es waren doch nur zwei, versprochen, und nur für die Portsmith. Sie war immer so gemein zu allen Leuten.»

«Hat aber irgendwie nicht geklappt, nicht wahr? Na gut. Ihr haltet euch bedeckt. Es wird gewaltigen Wirbel geben, wenn der Inspector bemerkt, dass die Briefe verbrannt sind», sagte Barrington und wollte gehen.

Carrie umarmte ihn ganz plötzlich.

«Das ist so furchtbar nett, Barrington, du hast uns gerettet. Vielen Dank», sagte sie mit Tränen in den Augen. «Wir werden nie wieder so einen Unsinn anstellen, versprochen.»

«Und das glaubst du wirklich, Mädchen? Ich weiß aus Erfahrung, dass jemand, der gern Streiche spielt, auch dabei bleiben wird. Das könnt ihr mir glauben. Ich kenne mich da gut aus.»

In der ersten Etage wurde eine Tür aufgerissen und Barrington hörte die Stimme des Inspectors. Sie klang ziemlich zornig.

«Peevish! Sofort zu mir!», rief der Polizist und man konnte den Sergeant hören, wie er im Laufschritt zu seinem Vorgesetzten unterwegs war. Barrington schickte die Mädchen zurück in ihr Zimmer und schärfte ihnen nochmals ein, ruhig zu bleiben.

Dann ging er zur Treppe, horchte und nahm den gleichen Weg zurück, auf dem er gekommen war.

Inzwischen war Peevish in der Bibliothek angekommen und der Inspector brüllte seinen Untergebenen aus vollem Halse an.

«Wer hat sich in der Bibliothek zu schaffen gemacht? Beweismittel wurden entwendet! Stehen Sie hier nicht so rum! Das ist eine Straftat!»

«Der Raum wurde von der Rektorin am Abend ordnungsgemäß verschlossen, Sir.»

«Dann muss noch jemand einen Schlüssel haben. Denken Sie, der Täter ist durch das Schlüsselloch geklettert? Fragen Sie, hopp! Das ist ja nicht zu fassen. Was ist das denn für eine Schule?» Der Inspector war wirklich außer sich vor Wut. «Ich brauche auch den Schlüssel zu dem Zimmer der Toten. Holen Sie den! Was stehen Sie hier noch rum?» Seine Stimme bekam von dem Gebrüll einen heiseren Unterton.

Barrington stand nun wieder in der Eingangshalle und hörte den Inspector brüllen. In der Haut von Sergeant Peevish wollte er lieber nicht stecken. Er sah das mürrische Gesicht des Mannes vor seinem geistigen Auge.

Nachdem der Inspector zurück in die Bibliothek gegangen war, machte sich Barrington auf den Weg in die Küche. Ein Kaffee wäre jetzt angenehm. Er wollte versuchen, dort etwas von den Gesprächen mitzubekommen. Da war der Kaffee ein guter Vorwand.

Als er vor einer Minute in die Halle gekommen war, war die Leiche der Frau gerade fortgebracht worden. Einer der Polizisten hatte die Überreste der Tasse vorsichtig in eine Papiertüte gleiten lassen. Also vermutete die Polizei ebenfalls Gift in diesem Fall. Dieser seltsame Geruch nach Mandeln kam ihm wieder in den Sinn und keinerlei Spuren eines Schlages oder einer Stichverletzung waren zu sehen gewesen. Nirgends war Blut ausgetreten. Er dachte an das Bild auf der Tasse, die nun zur Rechtsmedizin unterwegs war. Aber wenn es wirklich Gift gewesen war, wie hatte der Mörder die Lehrerin vergiften können, ohne in der Nähe gewesen zu sein? Barrington wusste, dass sich alle im Salon aufgehalten hatten. Kurz vor ihrem Tod auch Miss Portsmith. Als sie sich eine Tasse Milch geholt hatte, waren die Köchin und der Gärtner in der Küche gewesen. Doch Matty und Tobias traute er so einen perfiden Mord nicht zu. Außerdem war das viel zu offensichtlich. Die beiden wären wohl kaum so dumm, sich neben der vergifteten Tasse Milch aufzuhalten. Oder war die Lehrerin bereits im Salon vergiftet worden?

Was sollten Matty und Tobias für ein Motiv gehabt haben? Das passte nicht zu den beiden. Oder doch? Eine Köchin und ein Gärtner waren für einen Giftmord eigentlich überaus passend. Der Gartenmann wusste alles über giftige Pflanzen und die Dame hinter den Töpfen konnte daraus eine giftige Suppe kochen. Barrington war sich in Bezug auf diese Schule und ihre Bewohner überhaupt nicht mehr ganz sicher. Es gab auch eine Chemielehrerin. Fragen über Fragen. Der Gedankenaustausch mit Rick, Farlan und Maureen fehlte ihm. Sogar der alte

152

Chadwick war immer für ein Gespräch gut. Um weiterzukommen, würde er sich sogar mit Little Erna unterhalten, wenn das möglich wäre.

Interessant wäre auch, herauszubekommen, um was sich der Streit im Salon gedreht hatte. Daraufhin war Miss Portsmith wahrscheinlich gegangen und hatte sich eine Tasse Milch geholt. In der Milch musste etwas gewesen sein. Barrington war sich fast sicher. Das Gesicht der Frau hatte verkrampft gewirkt. Darüber hatte er etwas gelesen. Es hatte mit Sauerstoffmangel zu tun. Sie war erstickt. Aber an ihrem Hals hatte Barrington keinerlei Spuren einer Strangulation entdecken können.

In der letzten Zeit, eigentlich seitdem er im Zweitberuf Detektiv geworden war, beschäftigte er sich intensiv mit der Verbrecherwelt und was dazugehörte. Sein Freund Rick, der Buchhändler, versorgte ihn stets mit passender Literatur.

Barrington hörte bereits im Flur vor der Küche das Gewirr vieler Stimmen. Er betrat den großen Raum und sofort verstummten die Anwesenden. Außer der Rektorin waren alle Lehrerinnen in der Küche.

Er wollte sich eine Tasse aus dem Schrank nehmen und Kaffee eingießen. Ihm fiel etwas auf, das er bis jetzt zwar bemerkt, aber nicht wirklich als wichtig angesehen hatte.

An einem langen Bord über der Küchenanrichte hingen an Haken ein paar Becher mit verschiedenen Bildern darauf. Einige Haken waren leer und er sah, dass ein paar auf dem Holztisch, an dem die Lehrerinnen saßen, standen. Er wollte etwas ausprobieren

153

und griff nach einem Becher mit einer Lilie darauf. Sofort kam Protest von Matty.

«Nein, mein Junge, das ist Miss Grahams Becher. Weißt du, jede Lehrerin hat ihren eigenen Becher mit einem speziellen Bild ...» Sie unterbrach ihre Rede und sah verstört an das Bord mit den Bechern. Barrington bemerkte es und sah sie fragend an.

«Das ist ja seltsam. Ich dachte, Miss Portsmith hat ihren Becher genommen. Es ist der mit dem Käfer drauf, hässliches Ding. Aber er hängt ja noch hier. Der Becher von Mr Shole ist weg. Sie muss den falschen Becher genommen haben. Sehr komisch. Das habe ich nicht bemerkt, als sie am Abend in die Küche gekommen war und sich Milch eingegossen hatte. Habe mit Tobias erzählt und nicht auf sie geachtet. Sie war doch wie immer, oder Tobias? Verkniffene Lippen, die sie nur öffnete, um Gift zu verspritzen.» Matty sah kurz auf den Tisch und nach den Bechern, die in Gebrauch waren.

«Sie war seltsam still. Sonst hatte sie doch immer etwas zu schimpfen. Schwankte auch leicht. Aber hab mir nichts dabei gedacht», sagte der Gärtner und sah seine Freundin fragend an. Sie nickte ihm zu.

Diese Aussage bestärkte Barrington in der Annahme, dass die Portsmith bereits im Salon vergiftet worden sein könnte.

Es war still im Raum geworden. Die Gespräche waren verstummt.

«War es der mit einem bunten Hahn darauf?», fragte Barrington. Matty nickte. «Den hat die

154

Spurensicherung gerade eingetütet. Vielleicht vermutet die Polizei, dass man die Lehrerin vergiftet hat. Warum sollten die Beamten ansonsten den Becher mitnehmen?» Er sah aufmerksam in die Gesichter der anwesenden Lehrerinnen. Verhielt sich jemand verdächtig.

«Vorher hatte George Edwards diesen Becher gehabt. Hat doch gut gepasst, ein Hahn im Hühnerhof.» Matty räusperte sich, da sie die betretenen Gesichter der anderen Anwesenden sah.

«Miss Graham hat vor langer Zeit angeregt, verschiedene Becher mit kleinen Bildchen anzuschaffen. Die Damen sollten sich etwas mehr wie zu Hause fühlen in der Schule», erklärte Matty und sah Barrington nervös blinzelnd an. Sie dachte sicher das Gleiche wie er. Was, wenn Miss Portsmith gar nicht das bevorzugte Opfer gewesen sein sollte, sondern der neue Sekretär Shole? Was hatte er getan, um sich den Zorn eines Mörders aufzuladen?

Die Lehrerinnen, die noch bis zu diesem Moment Tee aus ihren persönlichen Tassen getrunken hatten, schoben die Becher weit von sich.

Die Küchentür wurde aufgerissen und Inspector Peters erschien. Er war auf jeden Fall sehr zornig.

«Kriegt man hier einen Tee oder muss ich erst ein Diktat schreiben?», rief er aufgebracht.

Die Anwesenden zuckten zusammen.

Matty nahm schnell eine Tasse und goss aus einer großen braunen Keramikkanne Tee hinein.

«Zucker, Sir?», fragte sie leise.

«Natürlich Zucker! Ich brauche Zucker oder ich explodiere hier auf der Stelle!», antwortete der

Inspector. In der offenen Tür sah man seinen Sergeant unschlüssig stehen. Er wollte sich nicht in die Wut seines Vorgesetzten einmischen.

«Milch, Sir», sagte Matty und griff nach dem Milchkännchen.

«Milch auch! Natürlich auch Milch! Sahne, wenn möglich!», rief zornesrot Peters und ließ sich auf einen freien Stuhl fallen. Matty stellte ihm die Tasse vor die Nase und zog sich schnell zurück.

Der Inspector sah sich die versammelten Lehrkräfte, den Gärtner, Matty und Barrington der Reihe nach an.

«Wenn ich den erwische, der die Briefe verbrannt hat, dann gibt es aber ein Donnerwetter!», schrie er. Sergeant Peevish zog sich in den dunklen Flur zurück.

«Welche Briefe waren das, Sir?», fragte Barrington.

Peters sah ihn abschätzend mit leicht zusammengekniffenen Augen an.

«Beweisstücke, die Miss Portsmith uns übergeben hatte. Das wäre ja dann die tote Frau draußen im Wagen der Rechtsmedizin!»

«Sind die Briefe denn für die Ermittlungen relevant gewesen? Das wäre wirklich sehr schlimm, Sir», sagte Barrington und versuchte, das unschuldigste Gesicht aufzusetzen, das er zur Verfügung hatte.

Peters überlegte, trank einen Schluck Tee und dachte sehr intensiv nach.

«Eigentlich waren sie unwichtig.» Er hatte seine Stimme gesenkt und beruhigte sich etwas. «Die sind unbedeutend gewesen. Vielleicht hat die Frau sie selbst verbrannt. War schon eine seltsame Person, nicht wahr?» Inspector Peters sah Barrington abschätzend an.

Barrington atmete auf. Seine drei Musketiere waren aus dem Schneider. Er musste den Inspector ablenken. Also erzählte er von den eventuell vertauschten Bechern.

«Das ist wirklich brisant. Dem müssen wir nachgehen. Peevish!», schrie er in Richtung des Flurs. Der Gerufene erschien erneut in der offenen Tür.

«Sir?»

«Ich will Robert Shole in der Bibliothek vernehmen und wenn er sich wieder nicht bereit erklärt, bringen Sie ihn in Handschellen.»

Der Sergeant nickte und Barrington hatte das Gefühl, Peevish würde sogar etwas schadenfroh aussehen. Armer Robert. Oder war er nicht arm zu nennen, sondern ein gemeiner Erpresser? Vielleicht sogar ein Mörder? Barrington wollte unbedingt bei der Vernehmung dabei sein.

Also stellte er seine Tasse in die Spüle.

«Ich sollte nach meiner Wäsche schauen, habe sie im Bad aufgehängt. Sie sollte wohl nun trocken sein», sagte er zu der Köchin, die sich sicher wunderte, warum ihr Barrington schon wieder von seiner schmutzigen Wäsche erzählte. Aber so hatten es alle mitbekommen und er konnte sich eine Zeit lang sicher fühlen.

Sein Weg führte ihn durch die Halle hinauf zu dem Bild des greisen Dukes. Der Flur war wie ausgestorben und Barrington schlüpfte durch das geöff-

157

nete Bild in den Geheimgang dahinter. Gerade rechtzeitig, denn er hörte bereits eine Tür unten in der Bibliothek aufgehen. Der Inspector kam in sein Sichtfeld, schloss die Tür hinter sich, ging zu der Tafel und sah sinnierend auf die Namen dort. Er steckte sich seine Zigarre in den Mund, zündete sie natürlich nicht an und kaute nervös darauf herum. Dann strich er sich über das eigentlich bereits perfekt sitzende Haar.

«Du solltest mit Miss Morning reden, mein Freund. Chemielehrerin. Fällt dir was auf?», murmelte Barrington leise.

Die Tür wurde erneut geöffnet und der Sergeant erschien mit dem Sekretär. Das laute Niesen des Mannes verriet ihn schon, bevor er den Raum betreten hatte.

«Peevish, danach will ich mit dieser Chemielehrerin, Miss Morning, reden und das Gartenhaus soll durchsucht werden. Ebenso das Chemielabor und die Räume der Lehrerin», sagte der Inspector.

Barrington grinste. *Guter Mann,* dachte er. *Hat er es mit Absicht in Gegenwart des Sekretärs gesagt? Verdächtigte er diesen Mann, verantwortlich für die Morde zu sein?*

«Setzen Sie sich, Mr Shole», sagte Inspector Peters und ging zum Tisch zurück. Damit war er aus dem Blickfeld Barringtons verschwunden.

«Ist Ihnen nicht gut? Sie sehen blass aus und Ihre Hände zittern. Soll Ihnen jemand ein Glas Wasser bringen?», fragte Peters. Barrington hatte den Eindruck, dass Peters es genoss, den Sekretär vorzuführen.

158

«Erzählen Sie mir, wo Sie sich zwischen, sagen wir mal, sechzehn und einundzwanzig Uhr aufgehalten haben», sagte Peters in ruhigem Ton.

«Ich hatte sehr viel Arbeit und kaum Zeit für eine Pause. Ständig kamen Anrufe von besorgten Eltern. Ein paar werden ihre Kinder in den nächsten Tagen abholen. Es ist ein Desaster für diese Schule. Das können Sie sich wohl denken.» Shole schnäuzte lautstark in ein Taschentuch. Für Barrington in seinem Versteck hörte es sich an wie ein trompetender Elefant.

«Bis gegen zwanzig Uhr war ich in diesem verstaubten Büro!», fügte er mit näselnder Stimme hinzu.

«Staubig? Ich hatte nicht den Eindruck, dass irgendetwas in dieser Schule staubig ist», sagte Peters.

«Ich bin hochgradig allergisch. Das kleinste Staubkorn löst bei mir tränende Augen aus. Diese Berge von Papier, die ich hier zu bewältigen habe, sind voller Staubkörner. Wissen Sie, ich hatte in Oxford, wo ich vor dieser Anstellung beschäftigt war, einen wunderbaren Arzt. Er fehlt mir.»

Barrington verdrehte die Augen. Aus dem bekam Peters sicher nichts heraus. Irgendwie machte er nicht den Eindruck eines skrupellosen Mörders. Aber man konnte sich auch irren. Gerade psychopathisch veranlagte Mörder waren unglaublich versiert darin, anderen etwas vorzuspielen. Barrington hatte sich mit dem Thema des Psychopaten ausgiebig beschäftigt. Er hatte dabei viele Merkmale wiedererkannt, die auf den Mörder White Beard zutrafen,

159

der sich als Butler im Hause Woodland ausgegeben und ohne Skrupel gemordet hatte.

«Was haben Sie gemacht, nachdem Ihre unglaublich aufwendige Arbeit beendet war?», fragte Peters in diesem Moment. Barrington sah das verschmitzte Lächeln des Polizisten vor seinen Augen.

«Ich ging auf eine Tasse Tee in den Essraum und dort standen Sandwichs bereit. Trockene Dinger, deren Scheiben sich bereits nach oben bogen. Es war sehr unschön. Wissen Sie, damals in Oxford ...» Der Inspector unterbrach Shole.

«Ich möchte nicht wissen, was Sie in Oxford zum Dinner hatten, ich will Ihren Tagesablauf hier in dieser Schule erfahren. Was war, nachdem Sie Ihr trockenes Sandwich verputzt hatten?»

«Nun, ich ging zu Bett. Ich brauche meinen Schlaf. Man hat mich in den letzten Tagen viel zu früh aus meinem verdienten Schlummer gezerrt, das können Sie mir glauben. Außerdem muss ich abends mit Salbei und Thymian inhalieren. Sonst komme ich am nächsten Tag nicht mehr aus dem Bett.»

«Wenn Sie sich in der Küche einen Tee holen, welchen Becher benutzen Sie dann?» Peters gab noch nicht auf. Er versuchte weiterhin, den Sekretär aus seiner Deckung zu locken.

«Ich trinke meinen Tee nicht in der Küche. Dort riecht es nach Kräutern und Gewürzen. Das vertragen meine Nasenschleimhäute nicht. Ich trinke zu den vorbestimmten Pausen meinen Tee im Salon oder Essraum aus einer Porzellantasse.» Barrington hörte den Mann erneut in sein Taschentuch trompeten.

160

«Sie sagten soeben, dass Sie die Küche nicht betreten, weil es nach Kräutern riecht. Und inhalieren können Sie mit Salbei?»

«Das sind nur ganz geruchlose Auszüge aus diesen Pflanzen. Eine Sonderanfertigung, die ich von meinem Arzt aus Oxford ...» Peters unterbrach ihn. Was interessierte ihn Oxford?

«Wenn die Auszüge geruchlos sind, wie sollen sie dann helfen? Dem Hersteller hilft es wahrscheinlich am meisten.»

Barrington hörte ein Räuspern von dem Sekretär.

«Na gut, aber wenn Sie in der Küche einen Becher Tee zu sich nehmen würden, dann würden Sie doch den Becher mit dem Hahn benutzen, oder?»

Es entstand eine Pause.

«Nein, würde ich nicht.»

«Die Köchin hat ausgesagt, dass es nach dem Ausscheiden Mr Edwards automatisch Ihr Becher geworden ist.» Peters hörte sich genervt an.

«Wie gesagt, ich betrete die Küche nicht. Eigentlich den gesamten Bereich nicht, da die Ausdünstungen der Gewürze den gesamten Flur vor der Küche durchwabern.» Der Sekretär bekam einen Hustenanfall. «Was bin ich froh, dass der Essraum der Lehrerinnen und meiner Wenigkeit keinen Essenaufzug hat, wie der Saal der Schülerinnen. Stellen Sie sich diese Flut an Gerüchen vor. Das würde gar ...» Peters stöhnte laut. Shole verstummte sofort.

Das brachte nichts. Barrington hatte keinerlei neue Erkenntnisse erhalten, außer vielleicht, dass

Robert Shole ein wirklich seltsamer Vogel war. Er konnte sich nicht vorstellen, dass dieser Mann etwas mit den Morden zu tun haben sollte. Aber woher konnte der Mörder wissen, dass Miss Portsmith genau an diesem Abend den Becher mit dem Hahn nehmen würde? Das ergab überhaupt keinen Sinn.

Was, wenn das Gift wirklich nicht in dem Becher gewesen war? Doch vorher ein Getränk im Salon, so wie er es bereits vermutet hatte. Der Becher mit dem Hahn war einfach ein Zufall gewesen, der in eine völlig falsche Richtung geführt hatte.

Diese Erkenntnis musste inzwischen auch dem Inspector gekommen sein. Denn er brach das Verhör ab und schickte Shole aus dem Raum.

Der junge Polizist, den Barrington schon mehrmals gesehen hatte, betrat den Raum.

«Sir, der Obduktionsbericht ist gekommen.»

«Das ging schnell. Sehr gut. Geben Sie her. Danke, Winters.»

Barrington hörte, wie der Inspector in einer Akte blätterte. Er musste diesen Bericht sehen. Also stand wieder ein nächtlicher Besuch in der Bibliothek an. Hoffentlich nahm Peters den Bericht nicht mit nach Dunbar.

Es klopfte an der Tür zur Bibliothek.

«Herein!», rief Peters.

Miss Morning erschien in der geöffneten Tür.

Peters bat die Dame, Platz zu nehmen.

«Miss Morning, Sie lehren Chemie und Biologie. Ist das richtig?»

«Ja, Sir», kam es in kläglichem Tonfall von der Angesprochenen.

«Erzählen Sie mir doch bitte etwas über $C_{34}H_{47}NO_{11}$.»

Barrington stutzte. Was hatte Peters gesagt? Das konnte sich doch niemand merken. Er kannte die Formel nicht. Chemie war nie sein Lieblingsfach gewesen. Das Einzige, das er aus dem Unterricht mitgenommen hatte, war, wie man mit ein paar Komponenten einen Knall erzeugen konnte.

Er lächelte bei dem Gedanken an seine Schulzeit.

«Sie meinen Aconitum, das Gift des Eisenhuts», sagte die Lehrerin leise. Barrington musste sich anstrengen, um alles zu verstehen. Könnte er nur einen Blick in die Akte werfen, aus der Peters im Moment vorlas.

«Ganz genau, Miss Morning. Was wissen Sie darüber und meine zweite Frage, welche Substanzen haben Sie in Ihrem Labor vorrätig? Vielleicht auch Pflanzen für den Biologieunterricht. Oder ist der Küchengarten hinter dem Haus ein Füllhorn von Giftstoffen?»

Es entstand eine kurze Pause. Miss Morning räusperte sich und dachte wohl intensiv nach, was und wie viel sie dem Inspector sagen sollte, ohne sich verdächtig zu machen. Aber der Zug war abgefahren, wenn man die lauernde Redeweise des Polizisten hörte.

«Nun, Sir, der Blaue Eisenhut. Vor allem die Wurzel ist hochgiftig. Wir sprechen mit den Mädchen nicht über die Wirkungsweise von Giften. Das passt nicht in meinen Unterricht. Im Küchengarten wachsen natürlich dementsprechend keine giftigen Pflanzen. Es ist ja ein Garten für die Küche.»

163

«Sie haben also keine solche Pflanze oder deren Auszüge in Ihrem Besitz?»

«Natürlich nicht!» Nun wurde die Dame doch etwas lauter.

«Wie ist die Wirkung des Giftes? Das wissen Sie als Biologin doch sicher.»

«Es führt zu Lähmungen und Übelkeit, so viel ich weiß. Bereits fünf Milligramm wären tödlich für einen Menschen. Wollen Sie mir etwas unterstellen, Sir?» Nun wurde die Lehrerin doch ziemlich zornig.

Wieso fragte der Inspector plötzlich nach Eisenhutgift? Barrington hatte angenommen, es wäre Blausäure gewesen. Aufgrund des Geruchs nach Mandeln in der Nähe der toten Miss Portsmith. War es also ein anderes Gift? Seine Kenntnisse in der Rechtsmedizin waren einfach zu gering. Das sollte er dringend ändern. Vielleicht sollte er sich einmal sehr intensiv mit dem Rechtsmediziner Dr. Wallace aus Lintie unterhalten. Er müsste nur darauf achten, nicht Inspector Marlow über den Weg zu laufen. Dieser Herr mochte Barrington nicht und machte kein Hehl daraus.

Er horchte weiter intensiv zu.

«Miss Morning. Wie schnell wirkt dieses Gift? Was meinen Sie?», fragte in diesem Moment Peters.

«Das dauert vielleicht eine Stunde oder mehr. Was wollen Sie mir denn nun sagen mit Ihren Fragen? Ich muss doch sehr bitten!», rief die Dame.

«Ich muss Sie informieren, dass in diesem Moment Ihr Labor und Privatbereich durchsucht werden. Das Gartenhaus des Gärtners ebenso. Die Tote wurde mit einem Extrakt aus dem Blauen

Eisenhut vergiftet. Haben Sie mir irgendetwas zu sagen?»

Einen Moment war es still im Raum. Dann antwortete die Lehrerin weinerlich.

«Aber ich versichere Ihnen, ich habe damit nichts zu tun. Warum sollte ich der Frau etwas antun? Sie war eine furchtbare Person, das denken alle hier im Internat, aber das würde mich nicht zu einem Giftmord verleiten.»

«Warum war sie so furchtbar?», fragte Peters in ruhigem Ton.

«Sie hat mich ständig gehänselt und genervt. Meinte, ich würde mein Haar färben, und meine bunten Blusen hat sie verspottet. Meine Figur fand sie lächerlich. Sie hat an jedem hier in dieser Schule etwas auszusetzen gehabt. Eine Hexe war sie. Und ich kann mir nicht vorstellen, dass der liebe George Edwards etwas mit ihr anfangen wollte. Das kann nicht sein. Mich hat er geliebt. Mich ganz allein.»

Miss Morning war inzwischen extrem aufgebracht. Barrington hörte sie laut schluchzen und weinen.

Der Inspector stand auf und ging zur Tür. Er öffnete sie und sagte dem davor wartenden Constable Winters etwas, was Barrington nicht verstand.

Danach setzte sich Peters zurück an den Tisch.

«Ich habe Ihnen eine Tasse Tee bestellt. Beruhigen Sie sich. Noch habe ich Sie nicht angeklagt. Werden wir denn etwas finden, bei der Durchsuchung Ihrer Räume?»

Die Lehrerin schluchzte laut und trompetete dann in ihr Taschentuch, das sie wahrscheinlich aus ihrer

Jackentasche gezogen hatte.

«Was sollten Sie denn finden? Ich habe mich mit diesem Gift niemals beschäftigt. In meinem Labor gibt es keinerlei giftige Substanzen, das versteht sich wohl in einer Schule von selbst. Und in meinen Privaträumen werden Sie höchstens die Briefe meines Georges finden. Wir wollten zusammen weggehen und ein neues Leben beginnen. Was bleibt mir denn nun noch? Ich werde mein Leben in dieser Schule beenden, Teil des Mobiliars werden und im Park begraben werden. Hier liegt eine Chemielehrerin. Niemand kannte sie. Das wird auf dem Grabstein stehen!»

Lautes Weinen kam von unten. Barrington schüttelte den Kopf. Die arme Frau war wirklich am Ende ihrer Nerven. Hoffentlich kam bei der Durchsuchung nichts heraus. Sie tat ihm irgendwie leid, obwohl er natürlich nicht sicher sein konnte, ob sie schuldig war oder nicht.

Es klopfte an der Tür zur Bibliothek. Der junge Constable kam mit einer Tasse Tee herein und stellte sie auf den Tisch. Dann war es einen Moment still. Barrington wollte wissen, was da vor sich ging, aber er durfte seinen Horchposten natürlich nicht verlassen.

Wenn es Blauer Eisenhut gewesen war und die Portsmith damit vergiftet worden war, dann war sicher nichts in ihrer Milch gewesen. Sie hätte eine ganze Stunde davor bereits die giftige Substanz zu sich nehmen können und zu dieser Zeit war sie mit mehreren Lehrkräften im Salon gewesen. Barrington hatte an der Tür gehorcht und viele Stimmen wahrgenommen. Er hatte gehört, wie die Rektorin die Portsmith direkt angesprochen hatte. Sie hatte sich ihre Kritik verbeten und geschimpft. Jeder hätte sie dort vergiften können. Was hatte sie zu sich genommen? Das stand sicher im Bericht der Rechtsmedizin.

Er musste es herausbekommen, vor allem, wer genau im Salon anwesend gewesen war an diesem schicksalhaften Abend. Es konnte nur einer dieser Leute gewesen sein. Sicher war dem Inspector nun auch bereits klar geworden, dass er nach einem Außenstehenden nicht mehr suchen musste.

Sergeant Peevish öffnete die Tür und ging zu dem Tisch, an dem der Inspector saß. Er legte etwas auf den Tisch. Barrington verfluchte seinen Horchposten. Er konnte nicht genug vom Vernehmungstisch sehen.

Peevish flüsterte etwas. Das konnte Barrington natürlich auch nicht verstehen.

Nun erhob sich der Inspector.

«Miss Patricia Morning, ich nehme Sie vorläufig fest unter dem Verdacht der Morde an Elizabeth Portsmith und George Edwards», sagte Inspector Peters und legte der Lehrerin höchstpersönlich die Handschellen an.

Barrington holte tief Luft in seinem Versteck. Ansonsten wäre ihm schlecht geworden. Die Lehrerin schluchzte erneut laut auf. Dann sah Barrington, wie sie in Handschellen abgeführt wurde. Was für ein Desaster.

Man musste bei der Durchsuchung belastendes Material gefunden haben. Das hätte ihr der wahre

Mörder aber auch unterschieben können.

Irgendwie konnte sich Barrington nicht vorstellen, dass sie es gewesen war. Vor allem nicht die Mörderin ihres geliebten Georges. Was für ein Motiv hätte sie denn haben können? Eifersucht? Hatte sie erfahren, dass George Edwards mit einer anderen Lehrerin ein Verhältnis gehabt hatte? Aber wie hätte sie das erfahren können? Hätte sie wirklich den Mut, einen oder gar zwei Morde zu begehen?

Was für ein Fragendurcheinander.

Heute Nacht würde er vielleicht ein paar Antworten in den Polizeiakten finden.

Warten lag ihm gar nicht.

Sollte die Polizei den Verdacht gegen Miss Morning aufrecht erhalten, hätte Barrington keinen Grund mehr, hierzubleiben. Wie sollte er Miss Graham klarmachen, dass er noch bleiben wollte? Er müsste sie ins Vertrauen ziehen. Aber ohne hinreichende Beweise würde ihm nur übrigbleiben, zu gehen.

Eine verfahrene Situation.

Einen Moment, nur einen ganz winzigen Moment, dachte er darüber nach, seinen Wagen wieder zu sabotieren, damit Mark kommen müsste und er bleiben könnte, ohne Verdacht zu erregen. Aber wie er den Schotten erlebt hatte, würde der sofort sehen, was er getan hatte. Mark Young wollte er lieber nicht verärgern. Außerdem hatte er von ihm gehört, dass er im Moment mit seiner Frau auf einer Bikertour war.

Maureen und Rick gegenüber würde er die ganze

168

Geschichte auch nicht erklären können.

Seine drei Musketiere waren immer noch in Gefahr und das war für Barrington genug Grund, um zu bleiben.

Aconitum napellus

Nachts in der Schule

Barrington stand in seinem Zimmer am Fenster und wartete auf den richtigen Moment, um der Bibliothek einen weiteren Besuch abzustatten. Versteckt hinter der Gardine hatte er einen guten Blick auf den Vorplatz der Schule.

Inspector Peters war vor einer Minute aus der Tür getreten und mit Peevish und Constable Winter zu dem bereitstehenden Wagen gegangen. Da das Auto unter Barringtons Fenster geparkt war, konnte er die Unterhaltung der Polizisten gut verstehen.

Bevor er einstieg, warf der Inspector noch einen langen Blick über die Fassade des Schulgebäudes und wiegte dabei den Kopf hin und her.

«Peevish, hoffentlich erwartet uns morgen nicht der nächste Mord. Wenigstens muss meine Frau nun verstehen, dass ich Arbeit habe und nicht mit ihr und den Kindern Urlaub machen kann.» Also war der Inspector keineswegs ganz überzeugt von der Schuld der Lehrerin Miss Morning. Peters lachte, steckte sich die obligatorische Zigarre in den Mund

170

und stieg in den Wagen. Die Polizei verließ für heute den Tatort.

Barrington lächelte. Er wollte noch ein paar Minuten warten und sich dann auf den Weg machen.

Als er die Tür vorsichtig öffnete, hörte er die Stimmen des Gärtners und der Köchin. Sie saßen meistens am Abend zusammen in der Küche und unterhielten sich.

Er ging zur Eingangshalle, die im fahlen Mondlicht lag. Barrington durchquerte sie langsam und setzte vorsichtig den rechten Fuß auf die erste Stufe der breiten Marmortreppe, die sich wie eine Schlange nach oben wand. Er hielt kurz inne und horchte nach Geräuschen.

Im Tanzsaal war es still. Miss Graham hatte für die nächste Zeit angeordnet, den Saal nicht zu nutzen. Das hatte für heftige Diskussionen unter den Schülerinnen geführt. Wie Barrington die Mädchen kannte, würden sie einen Weg finden, sich irgendwo anders zu treffen. Sie ließen sich so schnell nicht den Spaß verderben.

Wenn es nach der Rektorin und den Lehrerinnen ginge, sollten die Mädchen nach dem Unterricht und der Einnahme der Mahlzeiten, auf ihren Zimmern bleiben. Da war es einfacher, einen Sack Flöhe zu hüten.

Nun hatte die Schule zwei ihrer Lehrerinnen verloren. Miss Graham war nicht zu beneiden. Sie hatte sich bereits früh am Abend in ihr Büro zurückgezogen und wollte mit ihrem maulenden Sekretär den Stundenplan überarbeiten. Biologie musste Miss Cooper übernehmen. Geschichte konnte zur Not von

171

ihr selbst gelehrt werden. Aber die anderen Fächer waren verwaist. Sie musste schnellstens Ersatz finden. Am Nachmittag hatte sie einen Brief an den Vorstand der Schule geschrieben.

Morgen hatten sich mehrere Eltern oder Vertreter angekündigt, die sich über den Stand der Dinge informieren und gegebenenfalls ihre Töchter mitnehmen wollten. Natürlich waren die beiden Mordfälle durch die Presse gegangen. Ein Wunder, dass noch kein Reporter in der Schule aufgetaucht war.

Zwei Vertreter des Vorstandes der Stiftung hatten sich ebenfalls für morgen telefonisch angekündigt, um die Lage zu besprechen.

Das war ein Desaster für Miss Graham und diese Internatsschule. Sie war wie ein aufgescheuchtes Huhn im Haus herumgelaufen und hatte dabei blass und übermüdet ausgesehen. Barrington tat sie leid und er wollte ihr zu gern helfen.

Er ging langsam weiter nach oben. Kein Laut war zu hören. Die Flure waren nur schwach durch die nächtliche Notbeleuchtung erhellt. Das kam Barrington entgegen.

Inzwischen konnte er sich in der Schule ganz gut zurechtfinden. Irgendwo nieste jemand plötzlich überaus laut und ausgiebig. Barrington zuckte zusammen.

Das konnte nur der Sekretär sein. Das Geräusch war aus einem der Badezimmer gleich neben der Treppe gekommen. Erneut hörte er lautes Niesen, gefolgt von einem Husten, der sich anhörte, als würde ein kleiner Terrier bellen.

Barrington ging zum Gemälde des greisen Dukes

und öffnete es schnell. Nach ein paar Sekunden lag der Flur wieder leer im fahlen Licht des Mondes.

Die Akten lagen auf dem Tisch, an dem der Inspector seine Zeugen vernommen hatte, der Obduktionsbericht gleich obenauf. Barrington griff sich die Blätter und ging zum Fenster, das am Tage einen weiten Blick über den angrenzenden Wald ermöglichte. Dieses Mal hatte er seine Handschuhe angezogen, die er zum Glück dabeihatte. In der Ferne hörte man einen schrillen Tierlaut und gleich danach das raue metallische Klackern eines Fasans. Das kannte Barrington gut. Die bunten hühnerähnlichen Tiere konnte man in Schottland überall antreffen. Die Jagdsaison würde bald eröffnet werden. «Nehmt euch in Acht, ihr kleinen Fasane, der Fuchs ist unterwegs und hat sicher Hunger», flüsterte Barrington. Dann sah er sich den Bericht genauer an. Auf dem Flur vor der Bibliothek waren Schritte zu hören. Die Dielen knarrten verräterisch.

Hatte er da nicht die Klinke der Tür gehört? Versuchte jemand hereinzukommen? Aber die Tür wurde am Abend von Miss Graham abgeschlossen. Barrington hielt kurz inne. Die Schritte entfernten sich. Vielleicht hatte nur jemand überprüfen wollen, ob alles ordnungsgemäß abgeschlossen war.

Er beugte sich über den Hefter und las.

Miss Portsmith war vergiftet worden. Soweit hatte er recht behalten. Aber es war keine Blausäure gewesen. Das hatte er bei der Vernehmung und anschließenden Verhaftung von Miss Morning mit angehört.

Blausäure war das bevorzugte Gift in der

173

Geschichte gewesen. Barrington hatte gelesen, dass es leicht zu bekommen war, da es sich in vielen Haushaltschemikalien befand. Der typische Geruch nach Bittermandeln war ein Indiz für diesen heimtückischen Stoff. Wieso hatte die Portsmith also eindeutig danach gerochen? Barrington dachte nach. Hatte sie wirklich nach Bittermandel gerochen? Oder war es nicht vielmehr ein genereller Geruch nach Mandeln gewesen? Sehr eigenartig. Aber wahrscheinlich nicht wichtig. Er war eben kein Rechtsmediziner.

Nun war er gespannt, was über den Eisenhut im Bericht stand.

Während Blausäure, wie Barrington wusste, sehr schnell zum Tod führen würde, benötigte das Gift des Eisenhuts etwa eine Stunde oder mehr, bis Symptome auftauchten. Dann ging es aber sehr schnell, las Barrington. Es führte zu Atemlähmung und somit zum Tod. Deshalb hatte das Gesicht der Portsmith wahrscheinlich so extrem verkrampft ausgesehen.

Der Rechtsmediziner erwähnte noch, dass der Mörder Vorkenntnisse gehabt haben musste, um aus der Pflanze das Gift zu extrahieren. Darum war Peters bei seiner Vernehmung so auf Miss Morning, die Chemielehrerin, fixiert gewesen. Eine nachvollziehbare Reaktion.

Er sah sich die Akte weiter an und achtete darauf, alles wieder so hinzulegen, wie er es vorgefunden hatte. Man hatte am Nachmittag das Gartenhaus, sowie das Chemielabor und die Privaträume der Lehrerin durchsucht.

174

Zu Barringtons Überraschung hatte man neben den Briefen von dem verstorbenen ehemaligen Sekretär Mr Edwards noch etwas sehr Belastendes bei der jungen Frau gefunden. Man fand nicht nur die Pflanze selbst, sondern auch ein Pulver, das nun im rechtsmedizinischen Labor untersucht wurde. Man vermutete, dass es sich bei diesem Pulver um das Gift des Eisenhutes handeln könnte, folgerte Barrington. Deshalb hatte Peters die Lehrerin sofort verhaften lassen. Aber das war viel zu einfach.

In den Briefen stand genau der gleiche Text wie in den Briefen, die die drei Musketiere gefälscht hatten. Nach Aussage der Mädchen hatten die drei den Text fast genau übernommen und nur den Zusatz dazugeschrieben, dass die arme Portsmith ganz schnell nach Land's End fahren sollte.

Barrington war sich sicher, dass alle Lehrerinnen solche Briefe bekommen hatten. Die Aussage des Sekretärs, dass es seltsamerweise sehr viel Post in der letzten Zeit gegeben hatte, bestätigte das.

Barrington ordnete die Akte und legte alles an seinen Platz zurück.

Da stimmte etwas nicht. Sein Bauchgefühl hatte ihn schon beim letzten Mord in St. Applewood nicht betrogen. Es war viel zu offensichtlich, dass man bei der Chemielehrerin so kompromittierende Dinge gefunden hatte. Da hätte sicher jeder Polizist zuerst gesucht. Wer wollte also den Verdacht von sich ablenken und Miss Morning den schwarzen Peter zuschieben? Das bedeutete schon ein gewisses kriminelles Potenzial, das sich hier zeigte.

Und das Aufatmen von Miss Graham am Nachmittag, als man die arme Miss Morning abgeführt hatte, war wohl etwas verfrüht gewesen. Die Rektorin war froh und traurig zugleich gewesen. Sie hatte ihm gegenüber verlauten lassen, dass Miss Morning überaus beliebt im Internat sein würde, und sich wohl niemand vorstellen konnte, dass die junge Frau zu einem Mord fähig sei.

Der Mörder war noch im Haus. Barrington war davon überzeugt.

Die eiserne Wendeltreppe zur oberen Galerie schwankte leicht und eine Diele knarrte. Wer war ihm da gefolgt und wollte sich ebenfalls von den Fortschritten der Polizei überzeugen? Oder war Barrington dem Mörder bereits zu nah gekommen? Wusste der von dem geheimen Zugang?

Er stand ganz still, sah nach oben und versuchte, etwas zu erkennen. Ausgerechnet in diesem Moment verschwand der Mond hinter einer dicken Wolke.

«Bist du da unten, Barrington?», flüsterte jemand. Der Mond kam hinter den Wolken hervor und beleuchtete drei Gesichter. Die Musketiere standen auf der Galerie und blickten nach unten zu Barrington.

«Verdammt! Was tut ihr denn hier? Ihr solltet in euren Zimmern bleiben. Was, wenn ich der Mörder gewesen wäre, und morgen würde man euch hier in der Bibliothek mit verdrehten Augen finden? Ihr sollt besser aufpassen!», rief Barrington zu der Galerie hinauf.

«Pst», zischten die drei Mädchen im Chor. «Draußen im Flur patrouillieren zwei Lehrerinnen. Miss Graham hat Nachtwachen eingerichtet. Wir wollten dich doch nur warnen.»

Barrington warf einen letzten Blick auf den Aktenstapel. Alles sah gut aus. Dann stieg er schnellstens die Wendeltreppe zur Galerie hinauf und schob die Mädchen vor sich her zu dem aufgeklappten Bild. Als sie alle vier wie die Heringe in einer Dose in dem schmalen Gang standen, horchte er vor dem Bild des Dukes nach draußen. Nichts war zu hören. Er öffnete es einen Spalt weit und spähte hindurch.

«Raus mit euch, ihr Superspione», sagte er leise und die drei Mädchen hüpften aus dem offenen Bild. Barrington folgte ihnen und verschloss die Bildertür wieder ordnungsgemäß.

«Gibt es Neuigkeiten?», fragte Madelaine im Flüsterton.

«Wir haben auch etwas Neues zu berichten», raunte Carrie ihm zu.

«Wir gehen lieber hier weg. Wenn uns die Nachtwache zusammen erwischt, sieht das irgendwie nicht gut aus», meinte Brit und Barrington nickte dazu. «Der Tanzsaal ist leer», sagte sie und war bereits an der Treppe.

«Aber wir sollen doch nachts nicht allein ins Erdgeschoss gehen und der Tanzsaal ist auch abgesperrt. Sicher hat die Graham den abgeschlossen», erklärte Carrie.

«Angsthase», sagten die beiden anderen Mädchen im Chor.

«Wir brauchen ein Hauptquartier», sagte Madelaine und dachte intensiv nach.

«Moment mal, meine Damen, jetzt ist aber

Schluss. Wenn ihr mir berichtet, was in der Schule so vorgeht, ist das in Ordnung. Aber Hauptquartier? Nachts durch die Schule geistern? Was denkt ihr euch nur? Es ist hier im Moment gefährlich.» Barrington hatte Angst um die drei Mädchen.

«Du glaubst also auch nicht, dass es Miss Morning war. Wir auch nicht», sagte Madelaine.

«Jetzt müssen wir hier erst mal weg. Sonst erwischt uns die Nachtwache doch noch. Ich habe eine fantastische Idee», sagte Brit leise und winkte den anderen, ihr zu folgen. Sie lief voraus in die dritte Etage und dann in den rechten Flur bis zum Ende. Dort gab es eine einfache Holztür.

«Was ist hier oben alles?», fragte Barrington leise.

«In dieser Etage gibt es nur Zimmer von Schülerinnen, zwei Bäder und ... den Speicher», sagte Brit und grinste breit. Sie öffnete die Tür und betätigte einen kleinen Schalter rechts an der Wand. Es klickte leise und eine winzige Lampe erhellte den schmalen Raum notdürftig. Eine Treppe führte nach oben.

«Natürlich! Den hatte ich ja ganz vergessen!», rief Madelaine und bekam sofort wieder ein «Pst» von den anderen. Schnell schloss sie die Tür hinter sich und folgte ihnen nach oben. Dort betätigte Brit einen weiteren Schalter und eine runde Deckenlampe gab spärliches Licht ab.

Barrington sah sich in dem weitläufigen Raum um. Die notdürftige Beleuchtung erhellte nur einen winzigen Teil des Speichers. Überall standen Kisten herum. Dazwischen reihten sich Garderobenständer aneinander, an denen altertümliche Kleider hingen. Obenauf lagen Hüte, teilweise mit langen Federn daran.

«Das ist unser Theaterfundus. Aber den brauchen wir erst wieder zur Weihnachtsaufführung, wenn es die überhaupt geben wird», sagte Carrie traurig.

Inzwischen war Madelaine in einer dunklen Ecke verschwunden und kam mit einem Stuhl in den Händen zurück. Die beiden anderen Mädchen holten sich ebenfalls Stühle und Barrington ließ sich auf einer alten wurmstichigen Holztruhe nieder. Von irgendwoher besorgte Madelaine eine Kerze und Streichhölzer. Sie stellte den Leuchter auf einer Kiste ab, griff zu einem Streichholz und kurz darauf beleuchtete eine Kerze die Gesichter ringsum.

«Dass ihr mir niemals die Kerze vergesst zu löschen, Mädchen. In diesem Durcheinander würde es sofort wie Zunder brennen.» Mehr wollte Barrington nicht sagen. Er wusste genau, wie toll so ein Versteck sein konnte. Als belehrender Freund machte er sich nicht gut.

«Ich finde es seltsam, dass eure Rektorin eine Nachtwache organisiert hat, wenn sie doch meint, dass der Mörder mit Miss Morning gefasst wurde. Glaubt sie am Ende selbst nicht daran? Vielleicht sollte ich doch einmal mit ihr vertraulich reden.»

«Nein! Lieber nicht!», kam es im vielstimmigen Chor von den drei Mädchen.

«Ihr habt Angst, dass eure nächtlichen Ausflüge herauskommen. Verstehe. Nun erzählt mal. Was habt ihr herausgefunden, das so wichtig ist, euch in Gefahr zu bringen?», fragte er und blickte neugierig

179

in die Gesichter seiner drei Musketiere.

Die drei Mädchen sahen sich an. Madelaine begann zu berichten.

«Wir waren in der letzten Nacht zufällig im Flur der ersten Etage.»

«Zufällig, soso, sind eure Zimmer nicht in der zweiten Etage? Ihr armen Mädchen habt euch also verlaufen. Warum erzählt ihr mir das erst jetzt?», sagte Barrington. Carrie hustete kurz. Madelaine fuhr fort.

«Ja, es war zufällig! Wir hatten heute den ganzen Tag, sagen wir einmal, kleine Probleme mit einer Lehrerin. Wir mussten nachsitzen. Die saß uns fast den ganzen Tag im Nacken. Dann war sie auch noch im Speisesaal als Aufsicht und hat uns hinterher zu unseren Zimmern eskortiert. Als ob sie sicher sein wollte, dass wir unsere Aufgaben erledigen und nicht rumgeistern. Brit meinte ja, wir sollten zu deinem Zimmer gehen und es dir sofort sagen. Aber die hat uns einfach nicht in Ruhe gelassen. Kam alle Stunde und hat uns kontrolliert. Was für ein Irrsinn. Das ist aber unwichtig. Jedenfalls hatten wir gestern Nacht an einem der Fenster zum Vorplatz gestanden. Wir haben jemanden beobachtet, der die Schule verlassen und in den Park gelaufen ist. Derjenige hatte irgendetwas in einem Beutel mit dabei.»

«Untersteht euch, zu meinem Zimmer zu kommen. Wie sieht das denn aus, wenn euch jemand erwischt? Habt ihr erkannt, wer es gewesen ist? Vielleicht war es der Gärtner. Er sitzt abends manchmal sehr lange in der Küche und unterhält sich mit Matty», meinte Barrington.

«Ja, das wissen wir auch. Leider sitzen die beiden manchmal unglaublich lange und blockieren die Küche und damit unseren Zugang zu einem Mitternachtssnack. Sehr unangenehm. Nein, der Gärtner war es nicht. Der hat einen ganz anderen Gang», sagte Brit, stand auf und machte den alten Gärtner täuschend echt nach.

Carrie nickte zustimmend und Barrington musste sich das Lachen verkneifen.

«Es muss eine der Lehrerinnen gewesen sein. Die Gestalt trug eindeutig ein dunkles Kostüm. Ich glaube nicht, dass der Gärtner mit einem Rock durch die Gegend rennt. Obwohl er zur Weihnachtsfeier immer in seinem Kilt erscheint. Sehr schick. Nein, das war kein Mann, es war eine Frau, die da nachts rumspaziert ist», erwiderte Madelaine.

«Leider sehen die ja nachts alle gleich aus mit ihren grauen Kostümen. Wir alle sehen hier im Internat aus, als würden wir zur Armee gehören. Das ist so frustrierend. Gut, dass wir eine reine Mädchenschule sind. Jungs würden uns doch gar nicht anschauen mit diesem unmodischen Zeugs. Ich sagte letztens zu meiner Mutter ...»

Brit unterbrach sie. «Das interessiert doch Barrington gar nicht.»

«Also gut. Jedenfalls war der Mond die ganze Zeit hinter Wolken verschwunden. Es war einfach eine graue Gestalt. Wir haben dann eine Weile gewartet. Nach einiger Zeit ...» Madelaine wurde von Carrie unterbrochen.

«Es waren genau dreiundzwanzig Minuten», sagte sie leise.

Die beiden anderen Mädchen verdrehten die Augen.

«Ist das wichtig?», fragte Brit.

«Das ist wichtig, meine Damen», erwiderte Barrington. «Das ist eine ganz schön lange Zeit für einen einfachen Spaziergang und dann auch noch mitten in der Nacht. Hatte sie den Beutel noch dabei, als sie zurückkam?»

Die drei Musketiere schüttelten den Kopf.

«Das ist wirklich sehr interessant.»

Die Mädchen nickten sich grinsend zu.

«Seht ihr? Ich hab's doch gesagt», erklärte Madelaine. «Ich wäre ihr ja zu gerne gefolgt, aber meine lieben Freundinnen wollten das Haus nicht verlassen. Verdammt schlecht, dass wir es dir nicht gleich sagen konnten.»

Barrington dachte einen Moment nach.

«Mitten in der Nacht die Schule zu verlassen, ist überhaupt keine gute Idee, Madelaine. Deine Freundinnen hatten recht. Wie weit kann sie in dieser Zeit gegangen sein? War es die Richtung zum Gartenhaus?»

«Nein, sie ist nach links gegangen. Das Gartenhaus ist rechts. Sie ist im Park verschwunden, nicht in Richtung zum Keller oder Gemüsegarten», sagte Brit und sah dabei auf ihren Notizblock. «Wir müssen herausbekommen, was sie dort draußen mitten in der Nacht gemacht hat. Ich bin fast sicher, dass sie etwas in dem Beutel trug, was ihr schaden würde. Sie wollte es loswerden und aus dem Haus bekommen. Wahrscheinlich hat sie es vergraben oder irgendwo hineingeworfen.» Das Mädchen

182

bekam rötliche Wangen vor Eifer.

Einen Moment war es still.

«Es gibt hier einen Keller? Natürlich. Irgendwo muss ja ein Ofen stehen. Das ist interessant. Den habe ich noch nicht entdecken können», sagte Barrington.

«Der Zugang ist nur von außen betretbar hinter einer uralten Holztür. Fast immer abgeschlossen, leider. Was tun wir nun als Erstes?», fragte Brit.

«Vergesst das wir mal ganz schnell. Ich werde mich darum kümmern und ihr drei geht jetzt sofort auf euer Zimmer. Haben wir uns verstanden?», sagte Barrington und warf ernste Blicke zu den Mädchen.

«Aber wir könnten auch mit suchen helfen», sagte Carrie. «Ich bin ein guter Fährtenleser, ganz bestimmt.»

«Nur weil du dauernd die Bücher von James Fenimore Cooper liest, bist du aber noch kein Fährtenleser, Carrie», sagte Madelaine lachend.

Carrie machte ein störrisches Gesicht.

«Im *Lederstrumpf* findet man alles, was man für das Lesen einer Spur braucht.»

«Schluss jetzt, ihr Freizeitdetektive. Ab ins Bett und wehe, ich erwische euch im Park», sagte Barrington, erhob sich von seiner Kiste und pustete die Kerze aus.

Sie verließen den Speicher und schlichen vorsichtig in die zweite Etage hinab.

Barrington wartete, bis die Mädchen in ihrem Zimmer verschwunden waren, und blieb auch noch einen Moment im Flur stehen, um sicher zu sein, dass die drei nicht wieder herauskamen. Was für eine Bande.

Die Nachtwache war in einer anderen Etage unterwegs. Seltsam, dass Miss Graham das angeordnet hatte. Aber vielleicht wollte sie einfach Ruhe in das Internat bekommen, bevor am nächsten Tag die Eltern anreisen würden.

Barrington begegnete keiner Lehrerin. Sonst wäre er in Erklärungsnot gekommen, was er in dieser Etage mitten in der Nacht zu suchen hatte.

Wie sollte er nun weiter verfahren? Heute würde er nichts mehr herausbekommen. Also ging er in sein Zimmer, machte sich für die Nacht fertig und legte sich dann zur Ruhe.

Er war unruhig. Als sich der Schlaf endlich einstellte, träumte er von verrückten Dingen und wachte bereits um sechs Uhr in der Frühe schweißgebadet auf. Irgendwie hatte er das Gefühl, etwas vergessen zu haben. Es war der Moment, zwischen wachen und träumen, wenn man noch nicht richtig bei sich ist. Der Gedanke verflog, als er aufstand und in den Waschraum ging.

Bevor er sich heute auf einen Spaziergang durch den Park aufmachen wollte, würde er dem Gärtner einen Besuch abstatten. Er wollte unbedingt einmal sein Gartenhaus von innen sehen.

Barrington wusste, dass Tobias Davies morgens immer gegen acht Uhr in der Küche zum Frühstück erschien. Also sollte er ihn jetzt in seinem Häuschen antreffen.

Nachdem er sich frisch gemacht hatte, machte er sich auf den Weg in den Park.

Die vordere Tür war bereits aufgeschlossen. Das

war am Morgen die erste Handlung der Rektorin, die Tür aufzuschließen und einen kurzen Blick auf den Vorplatz zu werfen, ob alles in Ordnung war.

Heute erwartete sie ein schwerer Tag. Eine Menge Eltern und der Vorstand hatten sich angekündigt. Und dann war auch noch immer die Polizei im Haus. Da Miss Graham annahm, dass mit der Verhaftung von Miss Morning die Sache aufgeklärt wäre, auch wenn es ihr außerordentlich leid um die junge Dame tat, hatte sie die Hoffnung, dass der Inspector nur noch kommen würde, um seine Akten abzuholen.

Dann würde ihnen endlich wieder die Bibliothek zur Verfügung stehen. Die Kinder hatten sich bereits bitterlich beschwert, dass sie nicht selbstständig nach Büchern schauen durften. So lange der Inspector dort seine Vernehmungen gemacht hatte, hatte nur einmal am Tag eine der Lehrerinnen mit einer Bücherliste hineingehen und die Bücher holen können, die die Mädchen gern lesen würden. Miss Graham hoffte, dass es nun vorbei sein würde, und so wollte sie es auch den Eltern klarzumachen versuchen.

Barrington wollte sie nicht enttäuschen und lieber nicht verlauten lassen, dass er anderer Meinung war.

Das Reich des Gärtners

Als Barrington über den Vorplatz ging, lag dichter Nebel über dem Park. Glitzernde Tautropfen auf dem Gras durchnässten seine Schuhe. Hätte er gewusst, dass er St. Applewood so schnell nicht wiedersehen würde, hätte er sicher auch seine Stiefel eingepackt. Aber eigentlich waren nur zwei Tage für seine Fahrt angesetzt gewesen. Auf keinen Fall hätte er angenommen, dass er durch nasses Gras in einem Park wandern würde. Nun war er bereits seit vier Tagen in diesem Internat.

Es war noch sehr früh. Miss Graham erwartete die ersten Eltern etwa gegen Mittag. Viele der Kinder kamen von weit her und einige der Eltern waren öfter mit irgendwelchen Geschäften im Ausland unterwegs. So erwartete die Rektorin auch Vertreter. Barrington hatte sie gestern lieber nicht mehr angesprochen.

Es herrschte eine nervöse Atmosphäre in der gesamten Schule. Die Schülerinnen waren davon nicht ausgenommen. Viele hatten Angst, dass sie von der Schule genommen und in ein anderes Internat kommen würden. Gestern hatte Barrington kleine Mädchengruppen draußen im Park gesehen, die aufgeregt ihre Optionen diskutiert hatten.

Damit seine Füße nicht noch mehr durchnässten, ging Barrington nun auf den schmalen Wegen neben den Rasenflächen weiter.

Zwischen den Baumriesen und den hier überall wie Unkraut wuchernden Rhododendronbüschen kam nach ein paar Minuten das Gartenhaus in Sicht. Es glich einem winzigen Cottage. Hinter üppigen Stauden, die nun im Herbst allerdings schon braun und verwelkt aussahen, wirkte das Häuschen wie aus der Zeit gefallen. Weiß getünchte Wände, üppige Rosenranken bis zum Dach hinauf, grüne Fensterläden und eine niedrige Tür, die eher für einen Hobbit angelegt zu sein schien. Durch das Fenster links neben der Tür schien Licht. Barrington klopfte.

Die Tür wurde geöffnet und Tobias sah ihn erstaunt an.

«Na so was, mein Junge, was willst du denn so früh hier bei mir? Na komm schon rein. Ist ja noch nicht Frühstückszeit und draußen ist es ziemlich ungemütlich. Bekommst einen Tee, Aye. Für Hot Toddy ist es etwas früh.» Er zwinkerte Barrington verschwörerisch zu. «Die Temperatur ist ganz schön gefallen letzte Nacht. Unser Heizer sollte langsam eintrudeln. Er ist spät dran in diesem Jahr. Letztens habe ich mal das Heizen übernommen, weil es in der Nacht eiskalt gewesen war.» Der alte Gärtner winkte ihm, einzutreten.

Barrington betrat einen gemütlichen Raum mit einem gemauerten Kamin an der hinteren Wand.

Das Häuschen bestand nur aus zwei Räumen. Einem Wohnzimmer, einer Kochnische und dem Schlafzimmer mit einem winzigen Bad darin.

Jeder freie Platz im Wohnzimmer war von Büchern belegt.

«Ist klein, aber mein. Ich hab das Häuschen vor vielen Jahren von dem letzten Abernathy geerbt. War ein guter Mann. Immer viel allein. Er hatte keine Nachkommen und so hat Miss Graham das Haus gekauft und die Internatsschule draus gemacht. Setz dich, Junge.» Tobias ging in die Kochnische und goss Wasser in eine braune Teekanne. Er rührte mit einem Löffel um und wartete einen Moment. Dann griff er sich zwei Becher, die an einem Haken hingen, und goss durch ein Sieb Tee ein.

«Zucker? Milch?»

«Beides, danke, Tobias», sagte Barrington und sah sich inzwischen etwas um. Er las die Titel der vielen Bücher, die sich in Regalen und auf dem Boden stapelten.

Es gab hier sehr viele Gartenbücher, keine Überraschung für ihn, Kriminalromane, historische Romane und Reiseberichte über Ausgrabungen. Daneben sah er Bücher der großen Philosophen und war nicht zum ersten Mal erstaunt über den Gärtner.

«Setz dich doch, Junge.» Tobias drückte ihm den Becher mit dem heißen Tee in die Hand.

Er setzte sich, trank und war dankbar über das heiße Getränk. Der Nebel im Park wurde dichter.

«Ich hoffe, die Polizei hat dein kleines Haus

188

nicht zu sehr auf den Kopf gestellt.»

Tobias winkte lächelnd ab.

«Sie haben ein paar Bücher mitgenommen. Ich habe den Polizisten gefragt, aber er wollte mir nichts erklären. Hab verlangt, dass ich die Bücher zurückbekomme.»

«Welche Bücher waren das denn?»

«Pflanzen im Garten und mein Buch über Druiden und ihre heilkräftigen Tränke. Ach ja, und das alte Chemiebuch. Ist noch aus meiner Schulzeit. Versteh einer die Polizei.» Der alte Herr schüttelte den Kopf. «Weißt du, um welches Gift es ging? Wollten sie mir nicht sagen.»

«Blauer Eisenhut. Gibt es diese Pflanze hier?»

«Oh. Hochgiftig. Bei uns wird er oft als Wolfsbann bezeichnet. Man findet Blauen Eisenhut überall. Das ist wie unser Rhododendron, Unkraut. Ich fasse den nur mit Handschuhen an. Alle Teile der Pflanze sind giftig, aber vor allem die Wurzel. Daraus kann man mit wenigen Vorkenntnissen ein Pulver extrahieren, ist nicht besonders schwierig. In Flüssigkeit aufgelöst, merkt der Mensch den Geschmack kaum. Seltsam.»

«Du kennst dich aus. Was findest du seltsam?»

«So eine wunderschöne Blumenstaude und so todbringend. Ich weiß, dass hinten an der alten Mauer, die auch schon bessere Tage gesehen hat, noch einige Stauden stehen. Hier im Bereich des Parks habe ich fast alle eliminiert. Es wäre nicht gut, wenn die Mädchen die pflücken, weil sie meinen, es wären nur schöne Blumen für die Vase. Alle sind noch nicht gerodet.»

189

«Es erscheint mir seltsam, dass du Gärtner geworden bist. Du kommst mir eher wie ein Professor vor. Was ist passiert?», fragte Barrington.

«Ach, das ist eine andere Geschichte. Ich bin zufrieden, da, wo ich jetzt bin. In meiner Jugend habe ich sogar studiert. Dann kam der verdammte Krieg dazwischen und ich habe alles aufgegeben, was ich bis dahin kannte. Bin hier beim alten Abernathy gelandet und als Gärtner sehr zufrieden mit meinem Leben.»

«Was hast du denn studiert, Tobias?», fragte Barrington. Ob er den Gärtner wirklich von seiner Liste streichen konnte?

Tobias lächelte schelmisch.

«Biologie, mein Junge, Biologie habe ich studiert. Hab's auch dem Inspector erzählt. Damit keine Fragen aufkommen. Aber eines will ich dir noch sagen. Die gute Patricia Morning war es sicher nicht. Die ist viel zu gut für diese Welt. Sie kann niemanden umbringen. Und falls du dich fragen solltest, ich war es auch nicht. Was sollte ich auf meine alten Tage noch Leute ermorden? Konnte den Edwards nicht ausstehen, aber deshalb würde ich ihn nicht umbringen. Patricia, das arme Häschen, hat hier oft in dem Sessel gesessen, in dem du grad deinen Tee schlürfst, und hat mir ihr Leid geklagt. Sie hat sich manchmal Rat bei mir geholt. Ist ja ganz allein auf der Welt. Dieser Edwards hat allem, was einen Rock trug, schöne Augen gemacht. Sie hat das schnell herausbekommen. Was hat sie sich die Augen ausgeweint. Und die Portsmith kann einem nur leidtun. Wie verbittert die auf ihre alten Tage war.»

Barrington trank seinen Tee aus und stand auf.

«Wenn ich dich wirklich verdächtigen würde, hätte ich deinen Tee nicht getrunken, mein Freund. Hast du vielleicht vorgestern Nacht irgendjemanden gesehen, der durch den Park geschlichen ist?»

Tobias sah ihn fragend an.

«Wer sollte denn bei dieser Kälte nachts durch den Park flanieren?»

«Jemand hat das beobachtet.»

«Kann mir denken, wer das war. Die drei Mädchen sind viel zu neugierig. Die besuchen mich oft hier im Gartenhaus. Ich helfe gern bei den Hausaufgaben, wenn sie nicht klarkommen. Sind liebe Kinder, bringen dem alten Tobi immer was mit. Kekse, Kuchen und sogar einmal etwas Hochprozentiges. Will lieber nicht wissen, wo sie den stibitzt haben. Hab ihnen die Leviten gelesen. Aye. Bitte sei vorsichtig, mein Junge.»

Barrington nickte ihm zu, stand auf und verließ das Gartenhaus. Er wollte noch kurz die andere Parkseite durchstreifen, bevor er zum Frühstück gehen würde. Vielleicht fiel ihm doch etwas auf.

Große Erwartungen setzte er nicht in seine Suchaktion. Der Park war riesig und ging danach in den angrenzenden Wald über, nur abgeteilt durch eine marode Mauer. Tobias hatte versprochen, ebenfalls die Augen nach frischen Grabespuren aufzuhalten, wenn er draußen unterwegs war.

Der morgendliche Nebel hatte sich noch immer nicht verzogen. Den Park zu durchstreifen war einfach, da sich schmale, ausgetretene Wege wie ein

Spinnennetz hindurchzogen. Barrington sah sich aufmerksam neben den Wegen um. Er überlegte. *Was würde ich tun, wenn ich in so einem Gelände etwas loswerden wollte? Auf jeden Fall neben den öffentlichen Wegen, vielleicht irgendwo in der Nähe der Mauer. Oder sogar dahinter?*

Er sah sich noch kurz nach dem Kellereingang um. Es handelte sich um eine niedrige alte Holztür an der hinteren Seite des Hauses. Die Tür war abgeschlossen.

Es war eine aussichtslose Geschichte. Wenn jemand etwas entdecken könnte, dann der Gärtner, der den gesamten Tag auf dem Gelände unterwegs war. Barrington ging zurück zum Hauseingang. Aus einem der großen Rhododendronbüsche kam mit lautem metallischem Klackern eine Schar Fasane gelaufen. Barrington bekam einen Schreck.

Er sah der bunten Schar lächelnd nach. Die Tiere hatten sich in den letzten Jahren unglaublich stark ausgebreitet. Man hatte sie vor langer Zeit zu Jagdzwecken in Schottland angesiedelt.

Was konnte er noch unternehmen, um Miss Morning von dem Verdacht freizubekommen? Ihm gingen die Optionen aus. Der geheime Zugang zur Bibliothek würde ihm auch nicht mehr weiterhelfen.

Er war frustriert.

Die Vernehmungen der Polizei waren vorerst beendet. Der Inspector würde heute wahrscheinlich keinen neuen Ermittlungsansätzen folgen.

Was hatte Barrington nur vergessen? Wie ein Blitz kam ihm diese Frage wieder in den Kopf geschossen. Es wollte ihm nicht einfallen.

192

Die Bibliothek kam in seine Gedanken zurück.

Als er Miss Graham dort vor ein paar Tagen angetroffen hatte, hatte sie sich ein Buch genommen und es danach in eine Liste eingetragen. Sie hatte ihm gesagt, dass sie sein ausgeliehenes Buch ebenfalls eintragen würde, bis es wieder in das Regal zurückkam.

Alle Bücher wurden also registriert. Einen Blick auf diese Listen zu werfen, war keine große Sache. Vielleicht ergab sich ein neuer Ansatz.

Das Frühstück musste warten. Denn in etwa einer Stunde wäre der Inspector wieder hier vor Ort und Barrington wollte sich von ihm nicht unbedingt in der Bibliothek erwischen lassen.

Barrington betrat die Eingangshalle und sah sich um. Es war noch niemand hier unten. Er sah auf seine Uhr. Sieben. Um sieben Uhr dreißig gab es Frühstück. Matty war sicher in der Küche beschäftigt und die beiden P's unterstützten sie. Über die hintere Treppe zu gehen, war keine gute Option. Die beiden P's könnten ihn sehen, da sie sicher im Essraum der Kinder beschäftigt waren. Also die Haupttreppe.

Barrington ging zur zweiten Etage hinauf, durch das Bild des Dukes, den schmalen Gang hindurch und auf die Galerie.

Er hätte auch die Eingangstür versuchen können. Die Bibliothek wurde aber in diesen Tagen erst aufgeschlossen, wenn der Inspector ankam. Es befanden sich die Fallakten und die beschriftete Tafel im Raum. Er hatte verlangt, dass niemand vor ihm hineindurfte.

Die Bibliothek lag still und verlassen im Schein der Morgensonne, die nun den dichten Nebel durchbrochen hatte.

Woher hatte die Rektorin das Notizbuch für die Ausleihen genommen?

Barrington überlegte angestrengt. Damals hatte er einfach nicht darauf geachtet und war mit seinem Buch über Luftschiffe verschwunden. Er musste lächeln. Was hatte er sich dabei nur gedacht?

Sein Blick fiel auf den Tisch, an dem der Inspector seine Vernehmungen gemacht hatte. Es gab dort eine Schublade in der Mitte. Er versuchte es und zog die Lade auf.

«Du hast es noch drauf, alter Junge», flüsterte Barrington. Er zog eine breite Kladde heraus und legte sie auf die Tischplatte. Auf dem Gang waren Stimmen zu hören. Die Schule erwachte langsam zum Leben. Kinder liefen schwatzend durch die Flure und über die Treppen. Eine Lehrerin rief ihnen zu, dass sie nicht rennen sollten, und eine andere Dame ermahnte zur Ruhe.

Barrington konzentrierte sich auf die Kladde. Er blätterte darin zurück. Es gab eine Menge Einträge.

Es handelte sich nicht immer um die gleiche Handschrift. Er vermutete, dass es wechselnde Verantwortliche für die Ausleihen geben würde, die dann sämtliche Einträge machten. Und er wusste von Miss Graham, dass die Bibliothek nur zu bestimmten Zeiten für die Bewohner geöffnet wurde. Man wollte sicher im Blick haben, was die Mädchen lasen.

Barrington fuhr mit dem Finger die Zeilen hinab.

Tobias war oft hier zu finden. Barrington war nicht überrascht. Auf der Liste des Gärtners standen zumeist wissenschaftliche Bücher oder historische Romane. Pflanzenabhandlungen hatte er in seinem Gartenhaus mehr als genug.

Dann gab es eine Menge Einträge der Mädchen. Carrie Smith stand sehr oft in den Listen. Auch das war nicht überraschend. Das Mädchen las alles, was ihm in die Finger kam. Es fühlte sich hier wahrscheinlich wie im Paradies angekommen.

Er sah sich die Titel der Bücher an und entdeckte einen Eintrag vor etwa zwei Wochen. Der Titel des Buches war «Giftige Pflanzen im Garten». Er sah auf den Namen des Ausleihers.

Verdammt. Da stand Miss Morning. Das Buch war noch nicht zurückgegeben worden. Sicher hatte es die Polizei bei der Durchsuchung der Räume gefunden. Hatte Inspector Peters diese Kladde gesehen?

Die Liste mit den konfiszierten Dingen sollte hier noch bei den Akten liegen, dachte Barrington und öffnete die Akten, die noch auf dem Tisch lagen.

Da war die Liste.

Das Buch war nicht verzeichnet. Das war seltsam. Irgendjemand, der an diesem Tag Dienst in der Bibliothek gehabt hatte, hätte einfach Miss Mornings Namen hinschreiben können, obwohl sie das Buch gar nicht genommen hatte. Wer war an diesem Tag für die Bibliothek eingeteilt gewesen? Wie er Miss Graham kannte, gab es einen genauen Terminplan, welche Lehrerin die Aufsicht in der Bibliothek hatte.

Das musste er herausbekommen.

Er merkte sich den Tag der Ausleihe und ordnete alle Dinge wieder an ihren Platz.

Dann verließ er schnellstens die Bibliothek und machte sich auf den Weg in das Büro der Rektorin. Er sah auf seine Uhr.

Sieben Uhr dreißig. Alle sollten jetzt beim Frühstück sitzen. Einen Moment dachte er an Matty, die wahrscheinlich vergeblich auf seine Hilfe beim Frühstück gewartet hatte.

Barrington betrat das Büro des Sekretärs, nachdem er kurz an der Tür gehorcht hatte.

Glücklicherweise war sie nicht verschlossen gewesen. Kein Laut war zu vernehmen. Also wagte er, einzutreten. Der Raum war leer und das Büro der Rektorin ebenfalls. Die Tür stand offen und er konnte sehen, dass niemand dort war. Er schätzte, ungefähr eine Viertelstunde Zeit zu haben, die Liste zu finden.

Zuerst sah er auf Miss Grahams Schreibtisch nach. Er war aufgeräumt, fast schon pedantisch ordentlich. Die Stifte in Reih und Glied, das Papier auf der Schreibtischunterlage zu einem exakten Stapel geschichtet. Der Stuhl stand in einem genauen rechten Winkel zum Schreibtisch. Das Holz des Tisches und des Stuhls glänzte. Hier hatte sich jemand ausgetobt, der Ordnung über alles liebte. Alles im Raum war so ausgerichtet, dass der perfekten Erledigung der täglichen Aufgaben nichts im Wege stehen würde.

Wenn Barrington dagegen zum Vorraum auf den Tisch des Sekretärs schaute, bekam man einen ganz anderen Eindruck. Man bekam das Gefühl, Shole hätte den kompletten Inhalt einer Apotheke auf seinem Tisch ausgebreitet. Auf unordentlichen Stapeln von Geschäftspapieren lagen gebrauchte Taschentücher. Er konnte verstehen, dass eine Ordnungsfanatikerin wie Miss Graham mit dem neuen Sekretär nicht zufrieden war.

Barrington bescheinigte ihm keine große Zukunft in Crossbill-House.

An der linken Wand standen Aktenschränke. Barrington sah sich die mit einer gut leserlichen Schrift versehenen Schilder an der Vorderseite an. Neben Schülerakten und Adressen der Eltern lagerten hier Listen über bestelltes Schulmaterial, Briefe vom Vorstand der Crossbill-House Stiftung und Beurteilungen der Stipendiaten.

Barrington zog die erste Schublade heraus und blätterte die Hängeregistratur durch. Miss Graham verzichtete also auf das Abschließen der Schränke. Sie fühlte sich im Internat sicher, bis jetzt.

Nach einigem Suchen fand er etwas.

An dem Reiter der eingehängten Akte stand Bibliothekslisten. Wie gut, dass die Rektorin so gewissenhaft war. Er lächelte und zog ein großes Heft heraus, auf dem das aktuelle Jahr geschrieben stand. Als er es öffnete und durchblätterte, fiel ihm sofort auf, dass dieses Heft leicht dünner war als die anderen in diesem Fach. Genau unter dem Datum, das er suchte, klaffte eine Lücke. Jemand hatte mehrere Seiten herausgerissen. Er konnte noch die Abrissstellen erkennen. Verdammt. Wieder eine Sackgasse.

Er war so in seine Überlegungen vertieft, dass er nicht bemerkte, dass jemand den Raum leise betreten hatte.

Eine der Holzdielen knarrte. Barrington sah auf und erstarrte.

«Was suchen Sie hier, Mr Brandon? Ich muss mich doch sehr wundern. So vergelten Sie mir meine Freundlichkeit Ihnen gegenüber? Hat Sie etwa der Vorstand hier eingeschleust, um mich zu kontrollieren? Wer sind Sie wirklich?»

Miss Graham, die Rektorin des Internats, stand in der Tür zu ihrem Büro und sie war zornig.

«Ich bin Barrington Brandon, Pubwirt aus St. Applewood. Ich komme nicht von dem Vorstand der Stiftung. Es entspricht der Wahrheit, was ich Ihnen gesagt habe. Bitte entschuldigen Sie.

Ich wollte schon längst mit Ihnen reden, Miss Graham. Sie sollten sich anhören, was ich zu sagen habe. Sehen Sie sich vorher bitte dieses Heft an. Jemand hat die Liste über die Aufsicht in der Bibliothek manipuliert. Glauben Sie mir, ich meine es nur gut mit dieser Schule und ihren Bewohnern.» Barrington reichte ihr das Heft.

Die Zornesfalte, die sich auf der Stirn der Rektorin gebildet hatte, milderte sich etwas ab, kam aber zurück, als sie das Heft begutachtete.

«Haben Sie die Seiten herausgerissen?»

«Aber nein. Warum sollte ich so etwas tun?»

Dann berichtete Barrington. Angefangen mit seinem Verdacht, dass Miss Morning nicht die Mörderin war, bis hin zu seinen Recherchen in dem Fall. Irgendwie schaffte er es, seine drei Musketiere dabei herauszuhalten. Das war nicht so einfach, denn wie sollte er erklären, dass er der Bibliothek ein paar Mal Besuche abgestattet hatte? Er zeigte einfach sein Sortiment Dietriche, das er jederzeit bei sich trug.

Miss Graham empfand diesen Umstand als sehr bedenklich und zog ihre Augenbrauen missbilligend nach oben. Doch sie hörte ihm zu und das war gut.

«Vor zwei Tagen habe ich jemanden beobachtet, der das Haus mit einem Sack verließ und ohne ihn zurückkam. Das erscheint mir ebenfalls verdächtig. Ich habe mit Tobias, Ihrem Gärtner, gesprochen. Er wird sich auf dem Gelände umsehen. Als ich bei ihm die vielen Bücher über Pflanzen gesehen habe, kam mir die Idee, in der Bibliothek unter den ausgeliehenen Büchern nachzusehen. Bei der Durchsuchung in Miss Mornings Räumen wurde es nicht gefunden. Es steht aber bei den ausgeliehenen Büchern. Jemand hat den Namen von Miss Morning dort notiert. Dann hätte man es aber auch bei ihr finden müssen. Meinen Sie nicht?»

Miss Graham setzte sich seufzend hinter ihren Schreibtisch und fuhr mit den Fingern ihrer rechten Hand über das glatte Holz, rückte einen Bleistift zurecht und versuchte, den Papierstapel noch etwas ordentlicher zu richten.

«Aber man hat dieses giftige Kraut bei Miss Morning gefunden. Ich konnte es auch nicht glauben. Sie ist so eine liebenswerte Person.»

«Eisenhut wächst hier überall wie Unkraut, hat mir Tobias erzählt. Es wäre für jeden Bewohner mit etwas Vorkenntnissen einfach gewesen, etwas davon

199

zu beschaffen», sagte Barrington und war froh, die Dame auf seiner Seite zu wissen.

«Aber nicht jeder kann daraus Gift extrahieren. Miss Morning könnte es schon.»

«Sie haben recht, Miss Graham. Doch ich denke, mit etwas Grundwissen und diesem Buch über giftige Pflanzen könnten Sie auch so etwas herstellen. Nicht böse gemeint. Und ein Chemielabor gibt es in der Schule auch. Für jeden zugänglich. Jede der Lehrerinnen hatte ein Motiv.»

Sie sah Barrington fragend an.

«Verdächtigen Sie mich auch? Wie kommen Sie denn dazu, so etwas zu behaupten?»

«Nein, Miss Graham. Ich glaube nicht, dass Sie damit etwas zu tun haben. Aber fragen Sie Ihren Sekretär. Es gab in den letzten Wochen sehr viel Post, ist es nicht so? Mehr als sonst. Man hat bei Miss Morning Briefe von dem toten Edwards gefunden und ich habe die von dem Be... ich meine von Miss Portsmith gesehen. Ich weiß aus gut unterrichteter Quelle, dass auch mindestens noch eine andere Lehrerin mit Edwards in Verbindung stand. Vielleicht haben alle Damen Post von ihm bekommen.» Barrington hoffte, die Rektorin würde nicht nach seiner Quelle fragen.

«Ich weiß von der plötzlichen Briefflut. Ich habe mich auch gewundert. Ich bin der Meinung, wir sollten die Lehrerinnen versammeln und darauf ansprechen. Vielleicht in Gegenwart des Inspectors. Was denken Sie?», fragte Miss Graham. Sie sah verzweifelt und blass aus.

«Sie erwarten heute eine Menge Eltern und

Vertreter der Schulstiftung. Verschieben wir das auf den Nachmittag. Ich werde mit Inspector Peters reden, wenn er heute kommt.»

«Entschuldigen Sie, dass ich Sie beschimpft habe. Diese Situation ist nervenaufreibend. Ich bin immer noch nicht von der Unschuld unserer Miss Morning überzeugt. Alles spricht gegen sie.»

«Ich hoffe, Beweise zu finden, dass die Dame unschuldig ist. Darf ich dieses Heft mitnehmen? Ich möchte es dem Inspector zeigen.»

Miss Graham nickte.

Sie erhob sich langsam. Barrington hatte den Eindruck, dass sie um einige Jahre gealtert war, seit er hier angekommen war. Es waren nur ein paar Tage gewesen und ihre gesamte kleine Welt, die sie mit viel Engagement aufgebaut hatte, fiel wie ein Kartenhaus in sich zusammen. Sie öffnete die Schublade an ihrem Schreibtisch und zog ein dickes Notizbuch heraus.

«Wegen des Kalenderbuches bin ich eigentlich gekommen. Ich hatte es vergessen mitzunehmen. Ansonsten hätte ich Sie nicht erwischt, Mr Brandon. Ich möchte Sie bitten, mich über Ihre weiteren Schritte zu informieren. Das hätten Sie sofort tun sollen.»

Sie hielt kurz inne und schloss ihre müden Augen.

«Vielleicht war es ein Zeichen des Himmels, dass Sie genau an dem Tag und genau in der Nähe unseres Internats eine Panne mit Ihrem Wagen hatten. Es gibt mehr Dinge zwischen Himmel und Erde, Horatio, als eure Schulweisheit sich träumt.»

«Shakespeare?», fragte Barrington vorsichtig. Er war sich nicht sicher. Sein Freund Rick würde die Augen verdrehen.

«Hamlet, Mr Brandon, sehr gut», sagte die Rektorin und bekam sogar ein leichtes Schmunzeln zustande.

Crossbill-House füllt sich

Um Punkt elf Uhr begann der Sturm auf das hochangesehene Mädcheninternat Crossbill-House.

Ein schicker Wagen nach dem anderen fuhr auf den Vorplatz der Schule.

Chauffeure sprangen aus den Luxuskarossen und rissen die hinteren Türen auf, um den Herrschaften das Aussteigen zu erleichtern. Gegen elf Uhr dreißig quoll der große Salon im Erdgeschoss fast über von Menschen, die sich lautstark unterhielten.

Auch eine schwarze Limousine mit einem jungen Chauffeur fuhr auf den Vorplatz. Zwei Mitglieder vom Stiftungsrat stiegen aus. Miss Graham begrüßte sie besonders freundlich.

Barrington, der auf den Inspector wartete, beobachtete den Vorplatz und dachte an den Bericht der Portsmith über Miss Graham. Sie hatte Inspector Peters weismachen wollen, dass die Rektorin eventuell eine Affäre hätte, da sie einmal im Monat von eben dieser Limousine abgeholt werden würde. Es war ihm nun klar, dass Miss Graham monatlich dem Aufsichtsrat der Schule in Edinburgh Berichte vorlegen musste.

Matty und die zwei P's rannten zwischen den Herrschaften mit Tablets voller Teekannen, Tassen und Gebäck hin und her. Barrington gesellte sich nach einer Weile dazu und half der Köchin beim Servieren. Sie sah ihn dankbar lächelnd an.

Dann erschien die Rektorin der Schule und stellte sich auf ein kleines Podest an der hinteren Wand, das für diesen Zweck aufgestellt worden war.

Die Gespräche verstummten langsam.

Noch immer kam ein leises Tuscheln aus der Empfangshalle. Barrington stand neben der offenen Tür und sah zur großen Treppe. Viele der Mädchen standen aufgereiht wie Perlen an einer Kette am Geländer und diskutierten über ihr Schicksal am Ende dieses Tages.

Madelaine und die anderen seiner Musketiere konnte Barrington nicht entdecken.

Die Eingangstür wurde geöffnet und eine Dame kam schnellen Schrittes in den Salon geeilt. Sie war untersetzt, hatte rötliches Haar, ordentlich zu einem Dutt zusammengesteckt, einen winzigen Hut obenauf und trug ein dunkelgrünes Kostüm mit einem Pelzkragen.

Sie nickte Miss Graham zu, die sie freundlich anlächelte. Barrington sah, dass manch einer der anwesenden Eltern etwas herablassend auf die Dame sah. Wenn er sich das Gesicht so anschaute, war da auf jeden Fall Ähnlichkeit zu der kleinen Carrie zu sehen. Das rote Haar würde dazu passen. Er vermutete, dass es sich um Carries Mutter handelte, die natürlich mit dem Bus aus Edinburgh gekommen war und deshalb als Letzte eintraf. Mit dem zur Schau gestellten Schmuck und dem feinen Zwirn der anderen betuchteren Eltern konnte die Dame nicht mithalten. Barrington ärgerte sich über deren Arroganz. Aber es gab auch nette Leute unter den Anwesenden.

Ein älterer Herr stand auf, begrüßte Mrs Smith höflich und bot ihr seinen Platz an. Seine Ehefrau, Barrington vermutete, dass sie es war, beugte sich freundlich lächelnd zu ihr. Auch ein paar andere Herrschaften nickten Mrs Smith freundlich zu. Barrington konnte an seinem Platz neben der Tür alles gut beobachten.

Miss Green stand in diesem Moment hinter den Schülerinnen an der Treppe. Sie klatschte in die Hände und trieb die Mädchen fort.

«Was ist das für ein Benehmen? Der Unterricht wurde nicht abgesagt, meine Damen. Ich will Sie hier nicht mehr sehen. Man wird Sie zu gegebener Zeit über die Ergebnisse benachrichtigen», rief sie den Mädchen zu und sorgte dafür, dass die Treppe sich leerte. Klassenzimmertüren wurden aufgemacht und flogen nach einer Weile wieder zu. Es wurde ruhig.

Barrington hatte die Szene beobachtet und sich den Kopf verdreht, seine drei Musketiere aber nicht gesehen. Das erschien ihm eigenartig. Madelaine und ihre Freundinnen waren doch sonst immer ganz vorne dabei. Ein seltsames Gefühl von Gefahr machte sich in ihm breit. Sein Nacken kribbelte.

Einen Moment hörte er den Ausführungen der

Rektorin zu. Dann ging er leise über die große Marmortreppe nach oben. Er wollte sich davon überzeugen, dass seine kleinen Freundinnen sicher waren. Er kannte den Stundenplan leider nicht. In welchem Raum würden die Mädchen im Moment Unterricht haben?

Wieder kam ihm im Zusammenhang mit den Mädchen der Gedanke, dass er etwas vergessen hatte. Es wollte ihm nicht einfallen. Die Mädchen hatten ihm von dem nächtlichen Parkspaziergänger berichtet und erzählt, dass sie am nächsten Tag nachsitzen mussten. Was war ihm entfallen?

Er ging langsam die breite Marmortreppe hinauf zu den Unterkünften der Kinder. Er wollte zuerst im Zimmer der Mädchen nachsehen. Als er die zweite Etage erreichte, kam ihm ganz plötzlich die Erkenntnis.

Natürlich, wie dumm kann ich nur sein?, dachte er. *Ich hätte die Mädchen nach dem Namen der Lehrerin fragen sollen, die ihnen das Nachsitzen aufgebrummt hat und sie danach auch noch zu den Zimmern eskortiert hatte. Das war doch eigentlich vollkommen unnötig gewesen. Als ob diese Dame nicht wollte, dass die Mädchen mit mir reden. Als würde sie wissen, dass die Kinder mir helfen.*

Plötzlich kam ihm auch noch der Gedanke, dass es diese Lehrerin gewesen war, die die Mädchen in jener Nacht beobachtet hatten, als sie etwas vergraben wollte. Was war, wenn sie die Kinder am Fenster entdeckt hatte und ...?

Ihm wurde plötzlich heiß und kalt zugleich. Er beschleunigte seine Schritte und lief zu dem Zimmer der Mädchen. Völlig außer Atem klopfte er an der Zimmertür. Es war still dahinter. Nichts regte sich. Ihm wurde übel. Wo waren die drei? Hoffentlich versuchten sie nicht wieder selbst, den Mörder zu entlarven. Wahrscheinlich waren sie im Unterricht. Barrington hoffte es.

Miss McGray kam aus einem der Räume auf der anderen Seite des Flurs.

«Mr Brandon? Was tun Sie hier oben? Gibt es ein Problem, bei dem ich helfen kann? Die Zimmer der Mädchen sollten Sie wirklich nicht betreten. Das schickt sich nicht», sagte sie, kam auf ihn zu, strich nervös über ihr dunkles Haar und rückte ihre Brille zurecht.

«Ich mache mir Sorgen um Madelaine Browning und ihre beiden Freundinnen. Haben Sie die drei vielleicht gesehen?» Mehr konnte er natürlich nicht sagen. Was wäre, wenn Miss McGray die Lehrerin war, die in der Nacht Beweismittel vergraben hatte?

«Wenn sie nicht im Unterricht zu finden sind, werden sie natürlich auf ihren Zimmern sein und studieren. Ich glaube aber, die drei haben im Moment Zeichnen bei Miss Green in Zimmer achtzehn. Was wollen Sie denn von den Mädchen? Ich habe Sie schon einmal mit ihnen tuscheln sehen. Das ist wirklich unangebracht, Mr Brandon. Ich muss das der Rektorin melden.»

Wenn die junge Frau mit ihm zur Rektorin gehen wollte, kombinierte er, dann gehörte sie vielleicht nicht zu den Verdächtigen. Vielleicht.

«Es ist sehr wichtig, die Kinder zu finden. Ich mache mir Sorgen, dass ihnen etwas passiert sein könnte. Aber Sie haben recht, sie sind sicher im Unterricht», sagte er aufgeregt.

«Was soll den Mädchen denn passiert sein? Sie machen mir Angst. Sehen wir erst im Klassenraum nach.» Die beiden gingen zu dem Zimmer und die Dame klopfte an. Miss Green öffnete die Tür und sah sie überrascht an.

«Gibt es ein Problem?», fragte sie. Im Raum wurde es unruhig. Ein Blick von ihr zu den Mädchen genügte und die Kinder malten emsig weiter an ihren Bildern.

«Madelaine, Maybrit und Carrie. Sind sie anwesend?», fragte Barrington ungeduldig. Miss Green sah ihn überrascht an. Dann blickte sie über die Köpfe der Kinder durch den Klassenraum.

«Nein, ich habe mich gewundert. Carrie liebt den Zeichenunterricht. Die drei fehlen heute. Ich nahm an, dass ihre Eltern gekommen sind und mit ihnen reden wollten.» Leises Tuscheln war zu hören.

«Ruhe, meine Damen!», rief Miss Green in den Raum.

«Entschuldigen Sie die Störung.» Miss McGray verließ das Zimmer und schloss hinter ihr und Barrington die Tür.

«Wir könnten noch im Zimmer der Kinder nachsehen, aber die Begründung von Miss Green ist nachvollziehbar. Sie werden bei ihren Eltern sein.»

«Das glaube ich nicht. Ich komme von unten und habe Carries Mutter dort im Raum gesehen. Ihre Tochter war nicht bei ihr.» Barrington machte sich gewaltige Sorgen.

Sie kamen zum Zimmer der Mädchen und Miss

208

McGray öffnete die Tür.

Drei Betten, Schränke, drei Tische voller Bücher, aber keine Mädchen.

Auf dem Boden lagen ebenfalls Bücher. Auch ein paar Hefte und Stifte waren zu Boden gefallen. Barrington sah sich weiter um und unter dem Fenstersims entdeckte er eine zerbrochene Vase. An den Scherben war Blut.

«Das Zimmer sieht ja furchtbar aus. Wir achten sehr auf Ordnung, wissen Sie? Sehr eigenartig. Die kleine Carrie Smith würde niemals Bücher auf den Boden werfen. Sie ist ein ordentliches Mädchen. Bei Madelaine und Maybrit bin ich mir nicht so sicher, aber seitdem die kleine Smith hier bei ihnen wohnt, ist es mit der Ordnung viel besser geworden.» Die Lehrerin bückte sich, hob ein Buch auf und legte es auf einen der Tische.

«Wir sollten hier nichts weiter anfassen. Es könnte ein Tatort sein», sagte Barrington und zeigte ihr die blutverschmierte Scherbe.

Die Lehrerin wurde blass.

«Gehen wir zu Miss Graham», sagte sie und lief aus dem Zimmer. Barrington schloss hinter sich die Tür und folgte ihr.

Im unteren Salon wurde lautstark diskutiert. Miss Graham stand immer noch auf dem Podest und beantwortete Fragen.

Sie hatte die Eltern oder Vertreter derselben über den Stand der Dinge informiert. Dabei hatte sie besonders auf den Umstand hingewiesen, dass die Schuldige gefunden worden war und in Haft saß. Aber so schnell hatte sie die Anwesenden nicht davon überzeugen können, dass es für ihre Mädchen ein sicherer Ort war.

In diesem Moment nickte die Rektorin Matty und den beiden P's zu, die an der rechten Wand neben einem Tisch warteten. Darauf standen Tassen, Kannen und Platten mit Sandwiches.

«Ich denke, eine Teepause ist angebracht. Danach würde ich vorschlagen, dass wir in meinem Büro Einzelgespräche führen.»

Sie winkte der Köchin, die nun begann, Tee zu verteilen. Die beiden Hausmädchen gingen mit den Platten herum.

Miss McGray lief zu der Rektorin und sprach leise mit ihr. Barrington wartete in der offenen Tür des Salons. Er war nervös und konnte es kaum abwarten, die Schule zu durchsuchen. Inspector Peters war auch noch nicht gekommen. Die Zeit lief Barrington davon.

Miss Graham kam mit der Lehrerin zu ihm.

«Was soll das heißen? Sie denken, die drei Mädchen sind verschwunden? Das glaube ich nicht. Ich habe noch etwas Zeit, bis die Einzelgespräche beginnen.» Sie drehte sich um und winkte den beiden P's. Die beiden Mädchen stellten ihre Tabletts ab und gesellten sich zu ihnen.

«Ihr beide geht hier im Erdgeschoss in jedes Zimmer und seht nach, ob ihr Madelaine, Maybrit und Carrie dort findet.»

«Was haben ...»

«Die drei denn angestellt?»

Die Hausmädchen, die wie immer den Satz der anderen beendeten, sahen voller Neugier in die

Gesichter der Anwesenden. Barrington versuchte wiederum erfolglos, die beiden auseinanderzuhalten. Miss Graham hatte nicht vor, den beiden P's eine Erklärung zu geben, und wedelte sie mit den Händen fort. Maulend machten sich die beiden auf den Weg.

«Miss McGray, bitte inspizieren Sie die Klassenräume und überprüfen die Anwesenheit der Schülerinnen. Mr Brandon und ich durchsuchen den Rest. Ich übernehme die Mädchenzimmer. Sehen Sie bitte im Speicher nach, Mr Brandon, der befindet sich in der dritten Etage, rechts im Flur hinter einer Holztür. Die Kinder denken, ich wüsste nicht, wo sie sich manchmal herumtreiben. Eine Rektorin weiß alles ... fast alles», fügte sie noch hinzu. Sie warf einen kurzen Blick in den Raum mit den aufgeregt diskutierenden Eltern, seufzte und lief dann mit weit ausholenden Schritten zur Treppe.

Barrington folgte ihr, bis sie in einem der Flure verschwunden war. Dass er den Speicher bereits kannte, hatte er lieber nicht erzählt. Der weitläufige Raum sah noch genauso aus, wie sie ihn verlassen hatten. Er entzündete die Kerze und sah auch noch in den hinteren Ecken nach. Nichts.

Aber seine Vermutung, wo sich die Mädchen aufhalten könnten, ging auch in eine ganz andere Richtung.

Der Keller erschien ihm passend, jemanden zu verstecken. Er war getrennt vom Haus und es gab nur einen Zugang von außen. Irgendwie sagte ihm sein Gefühl, dass die Mädchen, wenn überhaupt, außerhalb des Hauses festgehalten wurden.

211

In den Räumen der Schule gab es eine moderne Zentralheizung. Der Mann für die Heizung kam immer erst im späten Herbst. Er blieb dann über den Winter in der Schule, um zu heizen. In der restlichen Zeit ging er einer Beschäftigung in Dunbar nach. Diese Informationen hatte er von Tobias bekommen.

Die beiden P's würden wohl niemals im Keller nachsehen. Er hatte ein Gespräch zwischen ihnen und der Köchin Matty mitgehört, in der sie berichteten, dass es dort unten spuken würde.

Mit ihrer unnachahmlichen Sprechweise hatten sie von einer dunklen Gestalt mit Hörnern und langem zottligen Haar erzählt, die dort unten ihr Unwesen trieb. Jede Störung würde das Untier sofort bestrafen. Es hätte es vor allem auf junge unschuldige Mädchen abgesehen und würde sie mit Haut und Haaren fressen.

Irgendwie hatte Barrington das Gefühl, dass diese krude Geschichte auf der Fantasie der kleinen Madelaine basierte. Die drei Mädchen hatte er schon oft mit den Hausmädchen tuscheln sehen.

Das Monster im Keller

Der Eingang zum Keller befand sich außerhalb des Hauses in der Nähe des kleinen Küchengartens. Vielleicht hätte er sich Verstärkung mitnehmen sollen. Aber der Inspector war nicht gekommen und wer wusste schon, wo sich der Gärtner auf dem weitläufigen Gelände aufhielt? Er hatte ihn nach dem Frühstück von seinem Zimmerfenster aus zum letzten Mal gesehen. Da war Tobias mit Spaten und einer Schubkarre in Richtung der hinteren Mauer gegangen. Barrington hatte keine Zeit, um auch noch nach ihm zu suchen. Er musste versuchen, allein zurechtzukommen.

Er verließ das Haus durch die offene Eingangstür und hielt sich dann links.

Dort gab es an der Seite eine kleine Holzpforte, die er sich angesehen hatte, als er im Park gewesen war. Die Tür war verschlossen gewesen. Er strich mit der Hand über seine Jackentasche. Die Dietriche hatte er wie immer dabei.

Wenn ihn jemand fragte, wie kamst du auf die

abstruse Idee, dass die Kinder außerhalb des Hauses im Keller sein könnten, würde er sagen, Intuition.

Erklären konnte er es nicht. Sein Bauchgefühl gab ihm oft Rätsel auf, aber er folgte ihm meistens. Wenn ein besonders gut ausgedachter Streich in seiner Kindheit danebengegangen war, wie damals der frisch gefangene Fisch im Bett seines Freundes Rick, und man ihn auf frischer Tat ertappt hatte, hätte er auf sein Bauchgefühl hören sollen. Es hatte ihn vorher gewarnt.

Heute war es eine ganz andere Situation. Sein Nacken kribbelte. Ein schlechtes Zeichen.

Im Schloss der Tür steckte ein großer alter Schlüssel. Er griff zu der Klinke der Holztür und drückte sie hinunter. Die Tür sprang mit einem leisen Knarren auf. Wieso war sie offen gelassen worden? Er schätzte Miss Graham so ein, dass sie diese Tür stets geschlossen halten würde. Wie schnell könnte eine neugierige Schülerin stürzen. Das könnte bedeuten, dass er mit seiner Theorie richtiglag.

Hinter der Tür tat sich eine steile Steintreppe auf, die sich unten in undurchdringlichem Dunkel verlor. An der Wand war ein alter Lichtschalter, neben dem es sich eine Spinne gemütlich eingerichtet hatte.

Barrington drehte an dem Schalter. Nichts tat sich. Es blieb dunkel. Er horchte. Aber kein Laut war zu hören. Natürlich hatte er wieder einmal keine Taschenlampe zur Hand. Das war ihm schon öfter passiert. Er verdrehte die Augen über sich selbst.

Es musste auch so gehen. Allmählich gewöhnten sich seine Augen an die Dunkelheit und er konnte einzele Schemen wahrnehmen.

Vorsichtig ging er Schritt für Schritt ertastend nach unten. Seine Hände berührten die seitlichen Wände. Sie fühlten sich feucht an und Modergeruch lag in der Luft. Als er unten angekommen war, sah er, dass die Wandlampe zerbrochen war. Sie war vollkommen zerstört. Nur ein paar Drähte schauten noch aus der Wand.

Wie nun weitergehen? Der Gang gabelte sich hier unten. Links war es dunkel und irgendwo tröpfelte Wasser. Rechts gab es zumindest ein wenig Licht, das wahrscheinlich durch einige schmale Kellerfenster schien. Er wählte zunächst diesen Gang. Neben dem Gang gab es etliche tiefe Nischen. In einigen standen alte Flaschen und Eimer.

Am Ende gab es weitere Gänge in verschiedenen Richtungen. Dieser Keller war ein wahres Labyrinth. Links sah er schemenhaft eine schmale Tür. Er schob sie auf und versuchte, im Inneren etwas zu erkennen. Es war ein sehr kleiner Raum mit etlichen alten Regalen an den Seiten. Sicher war das früher ein Vorratsraum gewesen. Nun standen nur ein paar verwaiste leere Gläser herum, an denen sich Spinnen Häuser gebaut hatten. Er wollte bereits wieder gehen, als er einen runden Kerzenständer mit einer halb heruntergebrannten Kerze bemerkte.

«Klasse», raunte er leise, griff sich die Kerze und zündete den Docht mithilfe seines Feuerzeugs an. So konnte er zumindest nicht mehr so schnell stürzen. Der diffuse Lichtschein tanzte in weichen Wellen vor ihm her, als er sich weiter in dem langen

Gang vorarbeitete. Wieso gab es hier unten kein ordentliches Licht? Wenn ein Heizer angestellt war, konnte der wohl kaum im Dunkeln mit einer Laterne im Arm arbeiten. Barrington leuchtete zur Decke hinauf und erblickte eine Anzahl Leitungen, alt aber doch in Ordnung. Alle paar Meter gab es einfache Deckenlampen.

Vielleicht war eine Sicherung kaputt? Er ging ein paar Schritte zurück und beleuchtete eine Nische, an der er vorbeigegangen war. Im Blickwinkel hatte er dort ein Schränkchen an der Wand gesehen. Es war der Sicherungskasten.

Doch hier war für ihn nichts zu machen. Die Drähte waren mutwillig herausgerissen worden. Das allein hätte schon gereicht, den Keller in Dunkelheit zu hüllen, aber jemand war wohl sehr zornig gewesen und hatte diese Wut dann auch noch an der Lampe am Eingang ausgelassen.

Die Drähte einfach herauszureißen, war nicht ganz ungefährlich. Aber die Wut war wohl stärker gewesen als die Angst vor einem Stromschlag.

Er musste weiter mit der Kerze vorliebnehmen.

Aufgrund der Sabotage des Kellerlichtes wusste er nun, dass er am richtigen Ort für die Suche nach den Mädchen war.

Das Schulgebäude selbst hatte sicher einen eigenen Sicherungskasten oben im Erdgeschoss. Ansonsten hätte man bemerken müssen, dass das Licht ausgefallen war.

Die Vermutung lag nahe, dass das gesamte Haus unterkellert war. Die Durchsuchung konnte dauern. Er seufzte.

Nach ein paar Minuten, die ihm wie Stunden vorkamen, erreichte er einen größeren Raum.

Links gab es ein gut gefülltes Kohlelager und rechts lag stapelweise Holz, zu handlichen Scheiten verarbeitet.

Geradezu stand das Ofenmonstrum. Ein riesiges Artefakt, das wohl noch vom letzten Besitzer hier eingebaut worden war. Links und rechts führten weitere Gänge ins Dunkel.

Ein leises Scharren war zu hören. Barrington schauderte es. Gab es hier etwa Mäuse? Er mochte Mäuse und Ratten ganz und gar nicht. Rick hatte ihn deshalb ausgelacht. *Mörder jagst du, aber hast Angst vor kleinen süßen Mäusen*, hatte er ihm einmal gesagt.

Er schüttelte die Angst ab und folgte dem linken Gang. Wieder vernahm er dieses eintönige Scharren. Als ob kleine spitze Krallen über den Boden scharrten. Das Geräusch wurde lauter, je weiter er den Gang durchquerte. Dann hörte er ein anderes Geräusch, das ihm das Blut in den Adern gefrieren ließ. Weinen, Schluchzen und das leise Murmeln einer Stimme.

Es klang wie das Plätschern eines Baches, das in dem höhlenartigen Kellergewölbe widerhallte. Weit entfernt.

Barrington lief schneller und hielt dabei eine Hand vor das flackernde Licht. An beiden Seiten des Ganges, der nun breiter wurde, gab es Verschläge, die mit einfachen lichtdurchlässigen Holztüren versehen waren. Dahinter lagen Kisten und allerlei Dinge, die man nicht mehr brauchen konnte, die aber zu schade zum Wegwerfen waren.

Jeder hatte wohl irgendwo in seinem Haus so eine Ecke. Mit Dingen, die kaputt oder nicht mehr brauchbar waren, aber deren Abwesenheit man nicht ertragen konnte.

Das menschliche Verlangen, Dinge aufzuheben, war für Barrington nicht nachvollziehbar. Er war eher rationaler eingestellt. Obwohl ihm sofort die kleine Holzkiste in den Sinn kam, die unter seinem Bett, gefüllt mit Dingen aus seiner Kindheit, ein einsames Dasein fristete.

Plötzlich hörte das leise Scharren auf. Als hätte die Maus ihn gehört und aus Angst in ihrem Tun innegehalten. Er leuchtete mit seiner bereits ziemlich heruntergebrannten Kerze in den nächsten Verschlag und sah die Maus, es waren ganze drei Mäuse, die sich dort hilflos aneinanderklammerten.

«Barrington!», riefen die Mädchen und Carrie kam sofort an die Tür gelaufen.

«Du hast uns gefunden. Wir dachten schon, sie wäre zurückgekommen. Es geht Brit nicht gut. Sie hat sich den Kopf verletzt. Bitte hol uns so schnell wie möglich heraus.»

Barrington stellte die Kerze auf dem Boden ab und versuchte, das Vorhängeschloss mit einem Dietrich zu knacken. Da es ziemlich rostig war, gelang ihm das erst nach einer langen Minute. Die alte Lattentür sprang auf und Carrie lag ihm in den Armen.

«Was ist mit Brit passiert?», fragte er und kniete sich neben das Mädchen am Boden. Eine lange Blutspur zog sich vom Scheitel ihres Haares bis hinab zum Hals. Barrington griff in seine Tasche und holte ein Taschentuch heraus. Er legte es auf die Wunde und Carrie hielt es. Dann nahm er Brit auf die Arme. Madelaine trug den Kerzenleuchter, während Barrington mit dem Mädchen dem Ausgang zustrebte.

«Brit war so mutig. Sie hat sich auf die Lehrerin gestürzt. Die hat nach der Vase gegriffen und sie Brit über den Kopf geschlagen. Es war furchtbar», erklärte Madelaine.

«Miss Cooper hat euch hier unten eingesperrt, nicht wahr?», fragte Barrington. Inzwischen hatten sie den Raum mit dem riesigen Ofen hinter sich gelassen.

«Woher weißt du, dass es die Cooper war?», fragte Carrie.

«Sie war von den Verdächtigen noch übrig. Ich war lange der Ansicht, dass es eine der Lehrerinnen gewesen war. Am Ende hatte ich nur noch Green und Cooper in Verdacht. Aber ich habe Miss Green vorhin im Klassenraum gesehen und dachte mir schon, dass sie mit eurem Verschwinden nichts zu tun haben wird. Ich habe ihr abgenommen, dass sie sich gewundert hat, als ihr beim Zeichenunterricht gefehlt habt. Habe nur zu langsam geschaltet.»

«Wir haben das erst erkannt, als sie in unser Zimmer kam und uns mit einem Messer bedroht hat. Nur Brit war mutig und wollte sich nicht unterkriegen lassen. Dann hat sie uns hier unten eingesperrt. Sie dachte, wir hätten sie erkannt, als sie im Park war und etwas vergraben wollte. Und sie meinte, wir würden mit dir unter einer Decke stecken. Du hättest schon viel zu viel rumspioniert. Sie wusste das alles. Als sie weg war, ging auch noch das Licht aus. Es war so furchtbar gruselig. Wir haben versucht, uns herauszugraben, aber bald kamen nur noch Steine. Es war sinnlos.»

«Wir wären im Keller vermodert und nach ein paar Jahren hätte man unsere verdorrten Skelette entdeckt und im Museum ausgestellt», sagte Madelaine.

Brit sagte nichts. Sie stöhnte nur ab und zu.

«Ich wusste die gesamte Zeit, dass ich etwas übersehen hatte. Es war die Cooper, die euch Nachsitzen aufgebrummt und versucht hat, euch im Auge zu behalten. Ich hätte nach ihrem Namen fragen sollen. Verdammt!» Barrington ärgerte sich über seine Nachlässigkeit.

Als sie den letzten Gang kurz vor dem Ausgang erreichten, erschien vor ihnen jemand an der Treppe nach oben. Eine dunkle Gestalt kam langsam auf sie zu. Carrie quiekte leise. Barrington stoppte. Er setzte Brit auf den Boden und machte sich zum Kampf bereit.

«Hallo? Wer ist denn hier unten? Wenn euch die Rektorin erwischt, gibt es nichts zu lachen, Kinder!»

Barrington atmete auf. Das war die Stimme des Gärtners.

«Hilf mir, Tobias. Ich habe die Kinder gefunden und die kleine Brit ist verletzt», rief er ihm zu.

Der Gärtner kam, so schnell es in der Dunkelheit möglich war, zu ihm und griff zu. Gemeinsam trugen sie das Mädchen nach oben.

«Lass uns durch den Nebeneingang in die Küche

gehen», sagte Tobias. «Der Weg ist kürzer und dann sehen die Eltern nicht unbedingt dieses Desaster. Das gäbe eine Aufregung, die Miss Graham an den Rand der Verzweiflung bringen würde.» Barrington stimmte ihm zu.

«Ich habe die offene Tür zum Keller gesehen und bemerkt, dass das Licht nicht geht. Da habe ich mir gedacht, dass etwas nicht stimmt, und wollte nachsehen gehen», meinte der Gärtner. «Aye. Habe auch den ganzen Vormittag nach einer frischen Grabung gesucht und wirklich etwas gefunden, Barrington. Hinten an der Mauer hat jemand etwas verbuddelt. Ich habe es aber dort belassen. Soll sich besser die Polizei darum kümmern.»

In der Küche war es angenehm warm. Matty war zum Glück dort und kümmerte sich sofort um Brit, die schon wieder etwas Farbe im Gesicht hatte.

«Das wird schon wieder, mein Mädchen. Es ist zum Glück keine tiefe Wunde, muss nicht mal genäht werden. Wir machen dir einen hübschen Turban, dann siehst du aus wie der Kalif von Bagdad. Na, was denkst du?» Matty fand immer die richtigen Worte. Ein verhaltenes Lächeln kam auf Brits Gesicht. Die Köchin legte eine Decke über ihre Schulter. Carrie und Madelaine wurden auf Stühle gedrückt und alle bekamen einen heißen Tee.

«Ich werde jetzt Miss Graham informieren. Dann kümmern wir uns um Miss Cooper», meinte Barrington und verließ die Küche.

Er wusste seine drei Musketiere in guten Händen und sicher untergebracht.

Wo ist Miss Cooper?

Barrington sah Miss Graham durch die offene Tür in ihrem Büro, wo sie bereits mehrere Gespräche mit Eltern hinter sich hatte. Sie hatte es bis zu diesem Zeitpunkt verstanden, die Angehörigen der Kinder und die Vertreter des Aufsichtsrats zu beruhigen. Das Fortbestehen der Internatsschule war vorerst gesichert.

Barrington wandte sich an den Sekretär und bat ihn, die Polizei zu benachrichtigen, da sich neue Verdachtsmomente ergeben hätten. Sie sollten so schnell wie möglich in das Internat kommen. Shole wollte natürlich wissen, wie er das meinte, aber Barrington hatte für großartige Erklärungen keine Zeit und ließ ihn stehen.

Der Sekretär nahm den Hörer vom Telefon ab und ließ sich mit der Polizeistation in Dunbar verbinden.

Miss Graham sah ihn von ihrem Schreibtisch aus fragend an. Er nickte ihr beruhigend zu. «Wir haben die drei Mädchen gefunden.»

Soeben verließ Mrs Smith, Carries Mutter, das Büro der Rektorin. Barrington hielt sie auf.

«Sie sind doch die Mutter von Carrie, habe ich recht?», fragte er. Die Dame nickte.

«Bitte kommen Sie noch einmal mit zu der Rektorin. Ich muss etwas erklären, was Ihre Tochter betrifft.»

Mrs Smith wurde nervös und begann, die kleine braune Tasche in ihren Händen vollkommen platt zu drücken.

«Nein, machen Sie sich keine Sorgen. Es geht Ihrer Tochter gut.» Barrington versuchte, sie zu beruhigen, und schob sie zurück in das Büro der Rektorin. Er schloss hinter ihnen die Tür. Robert Shole hinter seiner Schreibmaschine machte ein verdrießliches Gesicht. Er hätte zu gerne gehört, was Barrington zu sagen hatte.

Mit so viel Empathie wie möglich erzählte Barrington von den Kindern, wie er sie gefunden hatte, und über seinen Verdacht gegen Miss Cooper, der sich nun durch die Aussage der Mädchen bewahrheitet hatte.

Miss Graham war erschüttert.

«Sie wollen mir sagen, dass sie die Mörderin zweier Menschen ist? Ich kann das nicht glauben. Sie hatte die Unverfrorenheit, ihre Schutzbefohlenen zu bedrohen und im Keller einzusperren. Wie soll ich das verkraften? Gerade hatte ich den Vorstand und die anwesenden Eltern dahingehend beruhigt, dass die Polizei die Schuldige verhaftet hat.»

Carries Mutter saß vor dem Schreibtisch in einem Ledersessel und war blass geworden.

«Wir waren so glücklich, für unsere Tochter diese außergewöhnliche Möglichkeit zu bekommen, hier in Crossbill-House ausgebildet zu werden. Was soll ich nur tun?»

Barrington legte ihr eine Hand auf die Schulter.

«Mrs Smith, diese Mädchenschule ist die beste Einrichtung dieser Art, die ich bisher kennenlernen durfte.» Er ließ natürlich nicht verlauten, dass es auch seine Erste war. Barrington hatte noch niemals so eine Schule von innen gesehen. «Glauben Sie mir, wenn ich sage, dass Ihre Tochter in Zukunft in dieser Schule bestens aufgehoben ist. Man muss es so sehen, dass diese schlimme Geschichte mit den Schülerinnen eigentlich nichts zu tun hatte. Carrie ist mit ihren Freundinnen nur zufällig hineingeraten, weil die Mädchen eben sehr neugierig waren. Im Prinzip wollten die drei Mädchen nur Miss Morning helfen. Sie haben genau wie ich niemals an ihre Schuld geglaubt. Sie verehren Miss Morning als wunderbare Lehrerin dieser Schule.» Barrington hoffte, nicht zu dick aufgetragen zu haben.

Miss Graham räusperte sich und lächelte ihn dankbar an.

«Dem kann ich mich nur anschließen.»

In diesem Moment wurde die Tür des Büros aufgerissen. Inspector Peters kam hereingelaufen. In seinem Mund steckte die unvermeidliche trockene Zigarre.

«Warum ziehe ich nicht gleich hier ein? Bin ja doch dauernd vor Ort. So, nun erzählen Sie mal, Mr Brandon. Ich war auf dem Weg, um nochmals einige Befragungen durchzuführen, als ich den Funkspruch erhielt, ich solle sofort in das Internat kommen. Habe fast schon wieder eine Leiche erwartet.»

«Wen wollten Sie nochmals befragen, Sir?», fragte Barrington in unschuldigem Tonfall.

«Sie, mein Freund!», rief der Inspector. «Sie denken doch nicht etwa, dass ich Ihr kleines Detektivspiel nicht mitbekommen habe? Ich habe Sie beobachtet. Ihre kleinen Gespräche mit den drei Mädchen, dass Sie ständig Dinge wussten, die eigentlich in den Akten stehen, und letztes Endes die Tatsache, dass ich Miss Morning für unschuldig halte. Nun mal raus mit der Sprache. Peevish, Sie schreiben mit!», rief er seinem Sergeant zu.

Barrington berichtete. Als er zu der Tatsache kam, dass Miss Cooper etwas im Park vergraben hatte und der Gärtner den Platz benennen konnte, schickte Inspector Peters Peevish sofort hinaus.

«Holen Sie sich ein paar Leute und den Gärtner und buddeln Sie. Da bin ich aber gespannt. Der Rest sucht nach der Lehrerin. Durchkämmen Sie das Haus.»

«Sie werden auf jeden Fall das Buch über giftige Pflanzen finden, das angeblich Miss Morning ausgeliehen hatte. Vielleicht auch noch die Briefe des Sekretärs George Edwards. Denn außer Miss Graham hatten wahrscheinlich alle Lehrerinnen Bettelbriefe gleichen Inhalts von ihm erhalten. Obwohl er so schlau gewesen war, niemals offen nach Geld zu fragen. Er hat es immer sehr subtil ausgedrückt», sagte Barrington.

«Potverdorie! Was für ein Schuft!», rief der Inspector. «Aber diese Vermutung hatte ich auch von Anfang an.»

Danach berichtete Barrington von den Mädchen. Es war ein Drahtseilakt, genug zu berichten, damit der Inspector es verstand, aber auszulassen, was die Mädchen belasten könnte. Und auf keinen Fall würde er ihren geheimen Zugang zur Bibliothek verraten. Mrs Smith wurde blass und hielt sich ihr Taschentuch an die Augen.

«Was denken Sie, Miss Graham, wo befindet sich Miss Cooper?», fragte Inspector Peters.

Die Rektorin sah auf den Stundenplan.

«Eigentlich hätte sie im Moment Mathematik in der siebten Klasse. Sehen wir nach.» Sie erhob sich und alle verließen das Büro. Beinahe hätte der Inspector den Sekretär umgeworfen. Die beiden Männer prallten zusammen, da Shole neben der Tür stand und gehorcht hatte.

«Mr Shole! Ich muss doch sehr bitten! Bringen Sie bitte Mrs Smith zu ihrer Tochter. Sie sitzt sicher noch in der Küche bei Matty!», rief Miss Graham zornig.

«In die Küche? Muss das sein?», fragte er und hielt sich ein Taschentuch an die Nase.

Die Rektorin warf ihm einen bösen Blick zu.

Dienstbeflissen verbeugte sich der Sekretär und machte sich mit Carries Mutter auf den Weg.

Ein lautstarkes Niesen zeigte kurz danach an, dass er in der Empfangshalle angekommen war. Viele der Eltern waren zu diesem Zeitpunkt auf den Zimmern ihrer Kinder oder gingen im Park mit ihnen spazieren, um die Lage zu besprechen. Nur wenige hatten erklärt, dass sie ihre Tochter von der

Schule nehmen würden. Bittere Tränen unter diesen Kindern waren die Folge.

Barrington war sicher, dass Miss Cooper die Schule bereits verlassen hatte. Sie würde wohl kaum zur Tagesordnung übergehen und Unterricht geben, als wäre nichts geschehen.

So ergab die Durchsuchung des Hauses und der Nebengebäude auch nichts.

Inspector Peters ließ die Aussagen der Mädchen aufnehmen und schrieb Anna Catherina Cooper zur Fahndung aus.

Sie hatte einen gewaltigen Vorsprung. Nur die Tatsache, dass man von Crossbill-House nicht unbedingt schnell wegkam, wenn man kein Auto besaß, machte der Polizei Hoffnung, die Dame zu finden. Barrington gab zu bedenken, dass sie als Anhalter mit jemandem mitgefahren sein könnte. Sie könnte jetzt schon in Edinburgh sein.

Am Abend betrat Miss Morning unter dem Jubel der Schülerinnen die Internatsschule. Sie lächelte. Man sah ihr die letzten schlimmen Tage an, aber sie schien zufrieden zu sein, wieder im Crossbill-House anzukommen.

Im Park gruben die Polizisten unter Tobias' wachsamen Augen an der von ihm bezeichneten Stelle. Man fand eine Schatulle mit den Briefen des toten Edwards, das vermisste Buch über giftige Pflanzen und eine Tüte Pulver, die man in der Rechtsmedizin als Auszug aus der Pflanze Blauer Eisenhut nachweisen konnte. Die Dinge konnten Miss Cooper zugeordnet werden.

Glücklicherweise hatte der Inspector zu Anfang

seiner Untersuchungen von allen Erwachsenen in der Schule die Fingerabdrücke nehmen lassen. Natürlich unter Protest der meisten Lehrerinnen. Somit brachte der Vergleich, dass die Dinge Miss Cooper gehören mussten.

Nachdem Barrington seine Aussage zu Protokoll gegeben hatte, packte er seine Sachen. Er war froh, endlich nach Hause fahren zu dürfen. In der Küche verabschiedete er sich von Matty und dem Gärtner, der dort seinen Tee trank.

«Pass auf dich auf, mein Junge, und vergiss den alten Tobias nicht», sagte der Gärtner zum Abschied.

«Wenn ihr in der Nähe von St. Applewood seid, würde ich mich über einen Besuch sehr freuen.» Er nickte den beiden zu und ging in Richtung der Empfangshalle. Dort wartete Miss Graham mit seinen drei Musketieren.

Madelaine lief auf ihn zu und umarmte ihn. Miss Graham räusperte sich, sagte jedoch nichts.

«Wir werden dich vermissen. Sehen wir uns irgendwann wieder, Barrington?», fragte Carrie und Brit standen Tränen in den Augen. Sie sah gut aus mit dem großen Turban auf dem Kopf. Außer Kopfschmerzen war nichts zurückgeblieben. Ein Arzt hatte das Mädchen am gleichen Tag untersucht und gemeint, mit viel gutem Schlaf und Ruhe würde der Kopf bald wieder in Ordnung sein. Die Eltern der Mädchen würden sie im Internat belassen. Das war die beste Nachricht für die Kinder.

«Ihr seid in St. Applewood herzlich willkommen. Tut mir nur den einen Gefallen und haltet euch eine

Weile aus Schwierigkeiten heraus. Neugierde ist gut, aber kann auch gefährlich sein, wie wir bemerken mussten. Leider muss ich sagen, dass ich in dieser Richtung so einige Erfahrungen gesammelt habe. Ich freue mich, euch kennengelernt zu haben. Bis bald.»

«Sie sind hier jederzeit willkommen, Mr Brandon», sagte Miss Graham. «Wir haben Ihnen einiges zu verdanken.»

Barrington nickte ihr zu und verließ lächelnd das Internat. Sein Wagen stand bereit und in etwa zwei Stunden würde er seinen Heimatort wiedersehen. Was für ein Abenteuer.

Unterwegs, als er Edinburgh hinter sich gelassen hatte und der Arthurs Seat nur noch ein Schemen in der Ferne war, dachte er nach, wie viel er den Daheimgebliebenen erzählen sollte. War es nicht besser, das ein oder andere wegzulassen? Es war sicher besser. Er wollte Maureen nicht ängstigen und vor allem keine Vorwürfe von Chadwick, Farlan und Rick hören. Aber was war mit diesem Brief, den er auf seinem Bett gefunden hatte? Inspector Peters hatte er nichts davon gesagt. Vielleicht war das ein Fehler gewesen.

Er nahm sich vor, mit Constable McDonald zu reden.

Die anderen sollten sich keine Sorgen machen. Und im Grunde glaubte Barrington nicht, dass diese Frau zu ihm nach St. Applewood kommen würde, nur um sich zu rächen. Obwohl, so wie es in dem Brief stand, hörte es sich schon ziemlich verstörend an.

Edwards hat es verdient, zu sterben. Sein Leben war keinen Cent wert. Er war ein Schuft, Betrüger und Aufschneider.

Dieser Mann war ein Seelenmörder!

Was hat er mir für süße Worte ins Ohr geflüstert? Er hat alle manipuliert. Wie honigsüßes Gift klang alles, was von ihm kam. Aber er konnte gut fliegen! Ich habe es in jener Nacht ausprobiert. Du hättest sein Gesicht sehen sollen. Das hatte er mir nicht zugetraut. Niemand hätte mir so etwas zugetraut. Die unscheinbare Anna Catharina Cooper, was für ein Seelchen von Mensch. Ich muss lachen.

Ja, ich habe ihm glauben wollen, aber ein Blick in den Spiegel hätte mir etwas anderes sagen sollen. Ich bin keine Schönheit. Das wurde mir in meinem Leben schon oft klargemacht. Auch meine Zahlen konnten mich nicht mehr erfreuen. Blindheit, dein Name ist missverstandene Liebe. Wie sagte der große Shakespeare so treffend: Der Liebe Vernunft ist ohne Vernunft. Und was habe ich geweint und geweint. Mir wird übel, wenn ich daran denke. Niemals wieder werde ich wegen eines Mannes weinen.

Als ich die Briefe bei der Portsmith gefunden habe, wusste ich, dass er ein Betrüger war.

Ich habe gern in den Sachen der anderen gewühlt. Ein kleines Hobby von mir. Meine Briefe habe ich wohlverwahrt in einer Schatulle versteckt. Der Schlüssel hängt noch immer unter meinem Kleid. Ich musste sie natürlich loswerden. Habe sie vergraben. Und diese kleinen Biester haben mich *gesehen.*

Die Wut wurde immer größer, bis ich keinen anderen Ausweg mehr sah. Ich versprach ihm viel Geld und er kam sofort.

Ich war sein rächender Engel.

Die Portsmith war einfach nur ein weiteres Opfer auf meinem Weg. Sie störte mich mit ihrer Anbetung dieses Schuftes Edwards. Ständig hat sie ihn auf einen Sockel gestellt und wie einen Gott angebetet. Dabei war er nur eine kalte Marmorfigur ohne Gefühle. Sie hatte gar keine Briefe von ihm bekommen. Das haben mir diese kleinen Mädchen erzählt, als ich sie eingesperrt habe. Fast musste ich lachen, als ich das gehört habe. Eigentlich beruhte meine Rache also auf einem Irrtum. Aber am Ende erfuhr ich, dass alle im Haus von dem Kerl betrogen worden waren.

Strafe musste für diese kleinen Biester sein. Darum habe ich den Stromkasten zerstört. Da saßen die drei im Dunkeln und haben geheult. Hier unten hört euch keiner, habe ich ihnen zugerufen. Das war zu lustig. Aber ich hätte den Kindern nie etwas Schlimmeres angetan. Sie sollten nur eine Weile im Keller schmoren. Irgendwann hätte sie jemand entdeckt. Natürlich warst das wieder du!

Die Portsmith war an ihrem letzten Tag im Salon, hat wieder über alle hergezogen und sich lustig gemacht. Ich hatte bereits etwas vorbereitet. Niemand weiß, dass ich eigentlich Chemie und Mathe studiert habe. Aber als ich an die Schule kam, gab es bereits eine Chemielehrerin. Also hat man mir Tanz aufgedrückt. Ausgerechnet mir!

231

Ich fand, dass die Portsmith ein besonderes Ende haben musste. So habe ich den Eisenhut genommen, der hier immer noch wächst, und eines Nachts daraus Pulver extrahiert. Das fiel mir nicht schwer. An dem Abend musste ich das aufgelöste Pulver nur aus einer Phiole in ihren Tee kippen. Schmecken konnte sie es sicher nicht. Hat ständig auf diesen Mandelkeksen rumgekaut. Ekelhaft, diese Frau. Ich wusste, es dauert mindestens eine Stunde, bis es wirken würde. Die schlimmen Krämpfe habe ich ihr gegönnt.

Aber du hast es mir am Ende verdorben. Mit deiner Neugier und deiner ewigen Spitzelei.

Du hast mich krank gemacht! Dafür und dass ich flüchten muss, wirst du bezahlen, Barrington Brandon. Ich werde dich finden und zerstören, wie du mich zerstört hast.

Mein ist die Rache, das sagt nicht der Herr, sondern ich!

Cooper! Mathe und Tanz!

Barrington hatte es so oft gelesen, dass er es auswendig kannte.

Nun wusste er auch, woher der Mandelgeruch gekommen war, den er wahrgenommen hatte, als er sich über die tote Miss Portsmith gebeugt hatte. Bis zu diesem Zeitpunkt hatte er sich das nicht erklären können.

Er hatte ein mulmiges Gefühl, aber machte sich nicht zu viele Sorgen wegen des Briefes. Er war sicher, dass die Fahndung nach Miss Cooper erfolgreich sein würde. Oder?

Am Nachmittag, nach einer kurzen Kaffeepause und einem Teller Cullen Skink in einem hübschen kleinen Pub mitten in den Highlands, erreichte er endlich St. Applewood.

Für diesen Pub hatte sich der Umweg gelohnt. Direkt neben einem Wasserfall, der sich seinen Weg laut plätschernd durch das Flussbett bahnte, stand das alte Haus, wunderbar gemütlich und mit alten Holzmöbeln ausgestattet. Mark Young hatte ihm empfohlen, auf der Heimreise dort vorbeizuschauen. Er kannte in den Highlands jeden Pub und jeden Stein und liebte es, mit seinem Bike durch die Landschaft zu kurven. Gut gestärkt durch eine warme Suppe *Cullen Skink* hatte sich Barrington auf den weiteren Heimweg gemacht.

Gerade fuhr er an Woodland Manor vorbei. Auf dem Vorplatz sprach ein fremder älterer Herr mit Bing, er sah im Hof seines Onkels die Hühner herumtollen und lenkte den Wagen schließlich über die kleine Brücke und dann auf den Hof seines geliebten Pubs. Farlan kam heraus und winkte ihm glücklich zu. Chadwick war mit dem Gießen der Blumentöpfe vor den Fenstern beschäftigt und Rick saß im Gastraum über einem neuen Buch. Er war endlich wieder daheim. Heute Abend würde er zu Maureen fahren und sie nach dem Fremden fragen, der wie ein Butler angezogen gewesen war. Hoffentlich war dieser Mann etwas angenehmer als Slander. Dann hatte er zumindest einen Vorwand, um sie zu besuchen. Er hatte sie so vermisst.

Das Ende einer Leidenschaft

Bahnhof Waverley, Edinburgh.

Der imposante Wartesaal mit seinem kreisrunden Oberlicht faszinierte Reisende, die einen Blick für außergewöhnliche Architektur hatten.

Staunend wandten sie den Blick nach oben und starrten mit offenem Mund an die Decke, die den Betrachter zurück in das viktorianische Zeitalter katapultierte.

Die blonde Dame mit dem braunen Mantel und dem tief ins Gesicht gezogenen, schwarzen Filzhut interessierte die Schönheit dieses Gebäudes nicht.

Auch die Tatsache, dass die Uhr auf dem Balmoral-Hotel gegenüber exakt zwei Minuten vorging, um den Reisenden zu helfen, ihre Züge nicht zu verpassen, war ihr gleichgültig.

Sie ging zu einem der Fahrkartenschalter, löste eine Fahrkarte nach London und verschwand in der Masse der Menschen, die zu den einzelnen Gleisen strebten. Mal langsam, oft sehr schnell, wenn der Zug bereits zur Abfahrt bereit war.

Greinende Kinder, denen der Trubel auf diesem Bahnhof wohl zu viel geworden war, Kofferträger, Marktfrauen mit großen Körben, eine Gruppe Schüler mit ellenlangen bunten Schals, Männer, die lautstark die neueste Schlagzeile in der Zeitung anpriesen, Pärchen, keinen Blick übrig für ihre Umgebung, Geschäftsleute mit Aktentaschen unter dem Arm, ein buntes Gemenge wie auf jedem großen Bahnhof.

Die blonde Dame fand den passenden Bahnsteig, der Zug stand bereit, sie stieg in einen der Waggons und suchte sich ein leeres Abteil. Der kleine braune Koffer kam auf das Netz über ihrem Kopf. Sie setzte sich. Der Hut blieb auf dem Kopf. Er verdeckte fast vollständig ihr Gesicht. Das vor Kurzem gefärbte blonde Haar und die neue Kurzhaarfrisur sowie das stark geschminkte Gesicht würden einen Polizisten wahrscheinlich in die Irre führen, der nach einer unscheinbaren Frau mit strengem Haarknoten und unmodisch grauem Kleid suchte.

Anna Catharina Cooper hatte neben ihrem unscheinbaren Aussehen auch den Namen abgelegt, den Ausweis nebst grauem Kleid in einen Mülleimer geworfen und war zu Mrs Mary Sanders geworden.

Sie zog ihre braunen Lederhandschuhe aus und lächelte.

«Ihr bekommt mich nicht. Nicht, bevor Brandon seine Strafe bekommen hat», flüsterte sie.

Der Zug setzte sich in Bewegung und stampfte dampfend aus dem wunderschönen alten Bahnhof Waverley in Richtung London davon.

Die Abteiltür wurde geöffnet. Ein Mann im

besten Alter trat mit einer Aktentasche ein, fragte, ob noch etwas frei sei, und setzte sich dann der Dame gegenüber. Sie lächelte ihn an.

Nach einer Stunde hatte sich ein angeregtes Gespräch entwickelt und die neue Mrs Sanders wusste bereits, wohin der Herr unterwegs war. Er erzählte der netten Dame sein halbes Leben, erklärte, dass er in London in einen Club gehen wollte und eine Wohnung im besten Bezirk besaß. Mrs Sanders würde sich um ihn kümmern, denn das Einzige, was sie noch brauchte, war genug Geld, um für eine Weile das Land zu verlassen. Die Mittel, die sie dem toten Sekretär abgenommen hatte, und ihre eigenen, würden nicht lange reichen.

Sie hatte ihr Opfer gefunden.

Mit ihrem ersten Mord war auch Skrupellosigkeit in ihr Herz eingezogen und hatte es zu Stein verwandelt.

Drei Tage später beugte sich der Rechtsmediziner Dr. Seeker auf seinem Seziertisch über einen Toten. Neben ihm stand ein kleiner rundlicher Mann.

«Na Seeker, was denkst du?», fragte der kleine Mann.

«Auf jeden Fall kein Suizid, Morris, alter Knabe. Das Gänseblümchendesaster wollen wir nicht wiederhaben, oder, mein Freund?», antwortete der Rechtsmediziner.

Inspector Morris, sein langjähriger Weggefährte, sah ihn mit hochgezogenen Augenbrauen an. Er kratzte sich an der Nase. Er hatte eine recht große Nase und ein rundliches Gesicht, das ihn vielleicht etwas einfältig erscheinen ließ. Aber er war ein sehr fähiger Inspector.

«Auf keinen Fall. Kannst diesen Fall wohl auch nicht vergessen. Ich auch nicht. Muss immer mal wieder an diesen Butler denken. Wie hieß der?»

«Beanstock. Letztendlich habt ihr zusammen den Fall gelöst. Ist ein guter Mann. Habe ihn noch ein paar Mal gesehen», sagte Dr. Seeker.

«Ich habe ihn vor einiger Zeit in einem Pub in Pilpots getroffen. Da hatte er schon wieder einen Fall aufgeklärt und mir eine lange gesuchte Bande auf dem Tablett serviert. Gut. Zurück zu diesem hier», meinte der Inspector.

«Keine äußerlichen Zeichen eines Kampfes. Totenflecken da, wo sie sein sollten, also wurde die Leiche nicht bewegt. Der Mageninhalt wurde analysiert. Ich tippe auf Blauen Eisenhut. Das verkrampfte Aussehen passt dazu. Das Gift führt zu Atemnot und Ersticken. Ansonsten war noch Champagner in seinem Magen und ein paar Austern, unverdaut. Magst du Austern, Morris?» Die beiden kannten sich seit so einer langen Zeit, redeten sich aber immer noch mit dem Nachnamen an.

«Nicht mein bevorzugtes Essen. Aber auch etwas zu teuer für das Gehalt eines Polizisten.»

Dr. Seeker lächelte und nickte.

«Gefunden hat ihn seine Haushälterin. Die arme Frau hat immer noch gewimmert, als ich am Tatort angekommen war. Das wird sie so leicht nicht vergessen können», sagte der Inspector und schüttelte bedauernd den Kopf.

«Für die Finder von Mordopfern ist es immer am

237

schlimmsten. Sie sind in diesem Moment allein mit einem Toten, oftmals sieht der Tatort aus wie ein Schlachtfeld, das viele Blut, und die Angst kriecht in dem Menschen empor, dass der Mörder vielleicht noch im Haus sein könnte. Das ist schon sehr aufreibend für das Nervenkostüm», sagte der Rechtsmediziner.

«Fingerabdrücke?», fragte Inspector Morris.

«Die Spurensicherung hat in der schicken Wohnung eine ganze Menge abnehmen können. Die meisten waren natürlich von diesem Herrn selbst. Aber an einem der Gläser war noch ein anderer und Lippenstift. Scarlet Red, eine schöne tiefrote Lippenstiftfarbe. Es war also vielleicht eine Dame oder ein verkleideter Herr. Wer kann das wissen?»

«Was du alle herausbekommst. Scarlet Red? Wirklich, alter Freund? Na gut. Hat man mit den Fingerabdrücken eine Übereinstimmung gefunden? Ich glaube zwar nicht, dass wir so viel Glück haben, aber man kann ja immer wieder hoffen.»

«Mein Freund, du hast Glück. Wir haben eine Übereinstimmung. Meldung aus Schottland. Eine zur Fahndung ausgeschriebene Person. Steht alles im Bericht des Labors. Liegt in der Akte mit meinen Obduktionsergebnissen.» Dr. Seeker reichte dem Inspector eine Mappe, die bereits gut gefüllt war.

Morris war neugierig und öffnete sie. Dann sah er erschüttert zu seinem Freund, der lächelnd mit dem Kopf nickte.

«Das bekommt man Angst, oder?»

«Eine Lehrerin? Was ist nur mit der Welt los?»

«Irgendjemand muss der Dame sehr übel

mitgespielt haben, dass aus ihr so eine perfide Mörderin geworden ist. Ich hoffe, es wird keine Serie.»

«Wer will das schon? Was hältst du von einem Tee?», fragte der Inspector. «Hab plötzlich einen ganz trockenen Hals.»

«Wenn es auch ein paar Cremetörtchen gibt?», sagte Dr. Seeker und lachte. Er kannte die Vorlieben seines Gegenübers genau.

«Gehen wir ins *Woolsey*. Vielleicht geht es mir dann etwas besser. Ich weiß nicht, ob ich diesen Job wirklich noch bis zur Pension durchhalten kann.»

Dr. Seeker legte dem Inspector einen Arm um die Schulter.

«Aber, aber, Morris. Das schaffen wir schon. Ich helfe dir doch. Na komm, gehen wir.»

Der Rechtsmediziner zog seinen Kittel aus, griff zu seinem Hut und die beiden verließen den kalten Ort mit seinen weißen kühlen Wänden, in denen der Tod seine Heimat hatte.

Maureens touch of nothing

Hiya my friends,
hier bin ich wieder meine Lieben, eure Raelyn McNeedle.

Heute gibt es eine Anleitung für einen gehäkelten Hauch von Nichts. Dieser Loop, der auch als Schal gearbeitet werden kann, ist supereinfach und doch wunderschön.

Auf geht´s!

Was Ihr benötigt:

1 Häkelnadel 4,5

Garn: 4-6 Knäuel je nach gewünschter Länge von Woolhouse.de

1 Schere

1 Vernähnadel

Die Anleitung:

Maschen mit doppeltem Faden anschlagen.

1. Reihe: in jede Masche ein Stäbchen

3 Wendeluftmaschen

Arbeit wenden.

2. Reihe: auf jede Stb ein Stb!! Auch in das Stäbchen, wo die WLM rauskommen!!!

30 Stb arbeiten. (Die WLM werden NICHT mitgezählt)

Am Ende der Reihe 4 WLM arbeiten und Arbeit wenden.

3. Reihe: Das Stb wo die WLM rauskommen überspringen und in das nächste Stb ein Stb arbeiten,

1 Luftmasche

Wieder 1 Stb überspringen, 1 Stb + 1 LM

1 Stb überspringen, ins nächste Stb 1 Stb + 1 LM.

Wieder ein Stb überspringen, ins nächste Stb 1 Stb + 1 LM usw. bis zum Ende.

3 WLM arbeiten. Arbeit wenden.

4. Reihe: ins erste Stb (wo die 3 WL herauskommen) ein Stäbchen arbeiten.

Das nächste Stb um die LM der Vorreihe arbeiten.

Das nächste auf das Stb der Vorreihe arbeiten.

Dann wieder eins um die LM.

Dann wieder eins auf das Stb der Vorreihe.

So weiterarbeiten bis zum Ende der Reihe.

Das letzte Stb wird um die LM der Vorreihe gearbeitet. 3 WLM arbeiten.

Die Reihe 2-4 wiederholt Ihr jetzt so lange, bis die gewünschte Länge erreicht ist.

Endet mit 1 R. Stb, nicht mit einer Lochreihe.

Für einen relativ eng anliegenden Loop sagt man 2x Kopfumfang.

Für Maureens Loop 1,75 Meter

Für einen Schal - so lang, wie Ihr ihn haben wollt.

Wenn Ihr Eure gewünschte Länge erreicht habt, und einen Loop machen wollt, müsst Ihr den Anfang und das Ende zusammennähen oder häkeln.

Ich habe es mit FM zusammengehäkelt.

Sollte es Euch so gefallen, ist Eure Arbeit nun getan.

Glückwunsch!

Ich wollte für Maureen noch einen schönen Rand arbeiten. Dafür habe ich beide Ränder gleich gearbeitet.

1 Runde FM (2 FM pro Stb) und eine Runde Wellenkante.

Hierzu arbeitet Ihr 1 FM, 1 hStb, 1 Stb, 1 Dstb, 1 Stb, 1 hStb, FM.

Das wird immer wiederholt, bis Ihr herum seid.

Jetzt noch Fäden vernähen … Tadaaa!

Fertig ist der wunderschöne *touch of nothing*

Ich gratuliere Euch.

Liebe Grüße,

Eure Raelyn McNeedle / Anja Behrs

Copyright © designed by Anja Behrs

Bücher von A.W. Benedict

<u>In der Barringtonreihe sind bisher erschienen:</u>

Mord in St. Applewood

Kleine Morde unter Gangstern

Eine mörderische Affäre

<u>In der Beanstockreihe sind bisher erschienen:</u>

Mord auf Parsley Manor

Das Gänseblümchenkomplott

Die Barke des Teremun

Mörder an Bord

Ein Whisky zu viel

Das Haus der Lady Sherry

Das Geheimnis von Waterhill

Mörderische Teatime

Mord im Paradies

Mord in bester Gesellschaft

Rache kalt serviert

Geschichten aus Parsley Manor Band 1

In der Jugendbuchreihe Peter Scott sind erschienen:

Peter Scott und die Löwen von England

Peter Scott und der chinesische Drache

Peter Scott und die rote Feder

Weitere Infos unter awbenedict.de